Pierre Zaccone

ÉRIC LE MENDIANT

I

Le 15 juin 1848, un paysan et une jeune fille sortirent de bon matin du bourg de Lanmeur, et s'acheminèrent vers le petit village de Saint-Jean-du-Doigt, situé à quelques lieues de là, sur le bord de la mer.

Il pouvait être sept heures.

La journée promettait d'être superbe ; le ciel étendait au-dessus de leurs têtes son éclatante tenture bleue, frangée de nuages blancs ; le soleil sortait étincelant des montagnes lointaines ; le souffle frais du matin courbait les arbres en fleur, et semait sur la route les gouttes odorantes que la rosée venait d'y verser. Il régnait de toutes parts un calme, une paix, une sorte de recueillement pieux, mêlé de doux et ineffables tressaillements ; on eût dit que la terre encore à demi assoupie luttait en soupirant contre les dernières étreintes de la nuit, et qu'elle murmurait doucement sa prière au dieu du jour.

Le paysan portait le costume breton dans toute son austère simplicité – Le chapeau rond à larges bords, la veste de drap noir, le long gilet brun, la ceinture de couleurs diverses, la culotte large et flottante, les guêtres de toile, et les souliers ferrés. – Il était grand et fort, robuste et nerveux, fumait une pipe grossière, et s'appuyait, en marchant, sur un énorme *peu-bas*, ce rude instrument des *vendette* bretonnes.

Cet homme pouvait avoir une cinquantaine d'années environ ; mais il était encore si extraordinairement bien taillé, son visage, qui rappelait dans son ovale anguleux, le type primitif des Kimris, présentait un cachet si éclatant de fermeté et d'ardeur, il y avait dans son regard tant de feu, dans son allure, tant d'activité, que c'est à peine si on lui eût donné quarante ans.

On l'appelait dans le pays le père Tanneguy, et c'était le dernier descendant mâle de la famille des Tanneguy-Duchâtel.

Quant à la jeune fille qui le suivait, c'était sa propre fille ; elle s'appelait *Margaït*, ce qui veut dire Marguerite en breton.

Marguerite avait seize ans : belle, comme doivent l'être les anges, elle n'avait point encore réveillé son âme, qui dormait enveloppée dans les douces illusions de l'enfance. Elle vivait auprès de son père, heureuse, souriante, folle, et ne cherchait point à deviner pourquoi, à de certains moments, elle sentait son cœur battre avec précipitation, pourquoi une tristesse indéfinie imprégnait parfois sa pensée d'amertume et de mélancolie : quand ces vagues aspirations s'emparaient d'elle, ouvrant tout à coup sous ses pas des routes ignorées, elle accourait auprès de son père, lui racontait avec naïveté ses tourments et ses désirs ; et trouvant alors une force surnaturelle dans la parole douce et grave du vieillard, la tempête passionnelle soulevée dans son cœur se taisait, et la tristesse fuyait, la laissant candide et calme comme auparavant !...

Le jour elle courait, suivant dans ses capricieux détours la petite rivière artificielle qui alimentait les prairies dépendantes de la ferme : elle allait gaie, rieuse, folâtre, cueillant les pervenches et les bluets, pourchassant le papillon aux ailes diaprées, écoutant le chant des oiseaux ou le cri des bêtes fauves.

Si elle rencontrait un malheureux qui lui tendait la main, elle ouvrait sans hésiter la petite bourse où elle renfermait le trésor de ses modestes épargnes, et jetait généreusement une petite pièce d'argent dans la main du mendiant.

Bien souvent elle rentrait à la ferme sans la moindre obole ; et alors si son père lui disait, en prenant un air grondeur :

– Margaït ! Margaït ! vous avez fait bien des folies !

– Bon père, répondait-elle avec candeur, j'ai rencontré tant de malheureux !

Et son père l'embrassait ; il était fier d'elle, comme elle était heureuse de lui.

Aussi, quand Tanneguy, conduisant sa fille par la main se rendait le dimanche à l'église du bourg, c'était à qui chanterait sur leur passage les plus jolis *guerz* bretons.

Les vieillards saluaient le père qui passait gravement au milieu d'eux.

Les jeunes gens souriaient à la jeune fille dont le regard éclatait de franche gaieté.

C'était un doux murmure où l'admiration et le respect étaient mêlés et confondus, et qui les accompagnait jusqu'au seuil de la vieille église gothique, comme un pieux et touchant concert !

Telle était Margaït.

Jamais le moindre souci n'était venu mettre une ride sur son front si pur ; jamais la plus légère inquiétude n'avait troublé la sérénité calme de son cœur.

Elle allait à travers la ville comme le voyageur à travers les forêts vierges de l'Amérique, écoutant avec ravissement les douces harmonies de la nature, admirant les merveilles de cette vigoureuse et féconde végétation, s'oubliant, enfin, dans la contemplation de sublimes beautés que l'art ne peut égaler.

Margaït ne se doutait pas même des amères douleurs qui peuvent faire la vie triste et désespérée, et elle buvait sans crainte à la coupe d'or des joies terrestres dans laquelle, jusqu'alors, aucune larme n'était encore tombée de ses beaux yeux !

Depuis quelque temps cependant Margaït grandissait à vue d'œil, ses formes se développaient avec grâce, ses épaules s'arrondissaient comme sous l'amoureux ciseau d'un sculpteur invisible, une flamme discrète brillait sous ses paupières brunies.

La pauvre enfant ne comprenait pas bien encore ce qui se passait dans son cœur ; elle s'étonnait naïvement de ces changements merveilleux, et s'effrayait même quelquefois, en admirant le triple diadème de jeunesse, de grâce et de candeur dont la nature couronnait son beau front.

Le vieux Tanneguy et sa fille marchèrent ainsi pendant une heure environ, le premier, saluant de la voix et du geste les paysans que l'aube matinale appelait aux champs, la seconde, envoyant un bonjour et un sourire aux jeunes filles du bourg qui partaient pour le marché. – Toutefois, il est bon de remarquer que ces échanges de politesse empruntaient, de la part des passants, un caractère particulier de contrainte et de froideur ; mais le père Tanneguy n'y prit point garde... Peu à peu, la route devint plus solitaire ; ils ne rencontrèrent, à de longs intervalles, que quelques voyageurs isolés, dont le visage leur était inconnu, et quand le soleil s'éleva à l'horizon, ils se trouvèrent seuls, à un endroit où la route se bifurque tout d'un coup.

Il y a, en cet endroit deux chemins qui conduisent par des détours différents, à un même but. L'un, plus roide et plus rocailleux, offre au voyageur les sites pittoresques, mais nus et désolés de la côte ; l'autre, qui n'est qu'un petit sentier creux, descend par une pente insensible jusqu'à la mer.

Le vieux Tanneguy se tourna alors vers sa fille, et lisant d'avance dans ses yeux :

– Margaït, lui dit-il, avec un tendre et paternel sourire, quel chemin prendrons-nous aujourd'hui ?...

Margaït battit des mains sans répondre, frappa la terre de ses petits pieds impatients, et s'élança en poussant un doux cri de joie vers le chemin creux.

Le vieux Breton la regarda un moment s'enfoncer et disparaître dans le sentier plein d'ombre, puis, ayant secoué sur son pouce la cendre de sa pipe éteinte, il serra le *peu-bas* qu'il tenait à la main, et pressa le pas pour rejoindre sa fille.

Le soleil s'était levé, et sa vive lumière semblait tomber en pluie d'or, à travers les branches d'arbres qui s'arrondissaient en berceau au-dessus du sentier : les oiseaux cachés sous les feuilles vertes saluaient les premières splendeurs du printemps ; et les deux ruisseaux qui côtoient le sentier, passaient en chantant, sous les fleurs embaumées de leurs rives !

La nature a un langage inconnu et mélodieux qui remue profondément le cœur et fait doucement rêver.

Le vieux Tanneguy sentit une singulière tristesse s'emparer de son esprit, et il laissa sa pensée s'envoler un moment vers les mondes infinis de l'imagination.

Quant à *Margaït*, elle était déjà loin !...

Elle avait détaché le chapeau de paille aux larges bords, par lequel elle avait remplacé ce jour-là la coiffe traditionnelle des filles de Bretagne ; ses longs cheveux flottaient au vent sur ses épaules, et la blonde enfant courait devant elle, avec un fol enivrement.

De temps en temps seulement, quand après avoir arraché aux revers du chemin, bon nombre de fleurs bleues et jaunes, elle se retournait tout à coup, et n'apercevait plus derrière elle la silhouette aimée du vieux Tanneguy, elle remontait en courant la pente qu'elle venait de descendre et s'empressait de reprendre, pour un moment, sa place accoutumée auprès de son père.

Ce n'est pas que Margaït eût peur de se trouver ainsi seule au milieu du sentier ; Margaït n'avait peur que des farfadets et des sorcières, et elle savait bien que les sorcières et les farfadets ne battent pas la campagne pendant le jour. Mais Margaït aimait son père, et quand les papillons, la brise ou les fleurs ne lui inspiraient plus de graves distractions, son cœur tout entier revenait à son père bien-aimé !

C'était une noble enfant que Marguerite, et le vieux Tanneguy n'ignorait pas quel pur trésor Dieu lui avait envoyé !...

Dans un de ces moments, où emportée loin de son père, par l'élan de sa course, la blonde enfant ne songeait plus qu'à pourchasser les papillons et les vertes demoiselles, elle atteignit un endroit solitaire où la route se dégage tout à coup des petites haies vives qui jusque-là masquent l'horizon et permet au regard de planer au loin sur les vastes grèves de l'Océan.

Soit que Marguerite se sentît touchée de la beauté du spectacle qui s'offrait si inopinément à ses yeux, soit qu'une autre cause eût fait naître en elle un sentiment mêlé de crainte et de joie, elle s'arrêta aussitôt et croisa ses deux bras demi-nus sur sa poitrine ! Puis, comme si la gaieté qui l'avait accompagnée jusqu'alors, l'eût tout à coup abandonnée, comme si même une certaine terreur se fût emparée d'elle, elle regarda instinctivement à ses côtés ne sachant si elle devait avancer ou reculer !...

Enfin, elle parut prendre son parti en brave, tourna vivement sur elle-même, et après un nouveau mouvement d'hésitation, elle reprit sa course, et s'en alla rejoindre son père qu'elle ne tarda pas d'ailleurs à apercevoir.

La cause des craintes et des hésitations de Marguerite, est trop naturelle et a trop d'importance dans cette histoire, pour que nous en fassions plus longtemps un secret au lecteur.

Disons donc de suite, qu'au moment où la jeune fille atteignait l'extrémité du sentier où nous l'avons vue s'arrêter, un jeune homme, vêtu d'un costume élégant du matin, venait à elle, monté sur un magnifique cheval de race.

C'était presque un enfant encore... Il avait des yeux vifs et noirs, de longs cheveux bruns qui tombaient en boucles le long de ses tempes, et la petite moustache noire qui décrivait une courbe gracieuse sur sa lèvre, faisait ressortir la belle pâleur de sa peau...

Le jeune cavalier n'avait point remarqué Marguerite, ou s'il l'avait remarquée, il ne l'avait assurément pas reconnue, car il continua sa route, sans chercher à accélérer le pas tranquille de sa monture.

Son regard errait vaguement à droite et à gauche et sa pensée suivait son regard.

Il rêvait !...

Il rêvait... à ces mille choses douces ou graves, charmantes ou terribles, qui se présentent fatalement à tout homme qui entre dans la vie !...

Il se disait qu'il avait vingt-deux ans déjà, que la vie s'ouvrait devant lui, et qu'il ne savait quelle route choisir, parmi toutes ces routes qui s'offraient à lui.

Il se demandait quel sentiment inconnu, étrange, évoquait en son cœur enthousiaste le spectacle de l'Océan, ou cette sublime et triste harmonie des grandes solitudes.

C'était un enfant encore, et devant le problème insondable et irrésolu de la vie humaine, il se sentait hésiter, et il avait peur !...

Quand le vieux Tanneguy et le jeune cavalier se rencontrèrent, le visage du premier parut s'épanouir, et il lui fit un signe de tête plein de bienveillance et de sympathie. – Bonjour, monsieur Octave, lui dit-il en le saluant de la main, j'espère que vous voilà matinal aujourd'hui.

Le jeune cavalier avait arrêté son cheval, et après s'être incliné devant le père de Marguerite, il avait envoyé à cette dernière un sourire particulier qui témoignait de relations antérieures.

Puis, il se retourna vers Tanneguy.

– Il a bien fallu se lever de bonne heure, lui répondit-il en lui tendant une main que le Breton serra avec une affection toute paternelle, ma mère est allée à Morlaix ce matin, et je vais à sa rencontre.

– Madame la comtesse est bien ?... demanda Tanneguy.

– Fort bien, je vous remercie » répondit le jeune homme.

– Ah ! nous avons souvent parlé de vous Marguerite et moi, poursuivit Tanneguy après un moment de silence ; il y a déjà quelque temps qu'on ne vous a vu à la ferme, et je vous croyais reparti pour Paris...

– Non, interrompit Octave, et je n'ai nulle envie de repartir encore... mais j'ai eu de graves préoccupations depuis que je ne vous ai vu...

– Des préoccupations politiques ?... fit le vieux Tanneguy en souriant avec bonhomie.

– Peut-être bien ! répondit Octave en jetant à la dérobée un regard sur Marguerite.

Marguerite devint rouge comme une cerise.

Mais le jeune homme était pour le moins aussi embarrassé que la jeune fille, et après quelques paroles banales échangées encore avec Tanneguy, il les salua tous deux par un geste gracieux, leur promit d'aller bientôt les voir à leur ferme de Lanmeur, et enfonça lestement ses éperons dans les flancs de son cheval.

La noble bête prit aussitôt le trot, et monture et cavalier disparurent un instant après aux regards de Tanneguy et de sa fille.

Quand ces derniers l'eurent perdu de vue, ils reprirent silencieusement leur chemin, et se dirigèrent du côté de Saint-Jean-du-Doigt, dont on voyait déjà poindre à l'horizon les premières maisons...

À l'extrémité du village, sur une petite langue de terre, qui avançait presque aux bords de la grève, et derrière un bouquet d'arbres touffus, dont les tons verts et vifs, se détachaient nettement sur le fond sablonneux de la côte, s'élevaient les blanches murailles d'une sorte de cottage solitaire.

Dès qu'ils aperçurent cette charmante habitation, un rayon de joie brilla un moment dans les regards de Tanneguy et dans ceux de sa fille, et, instinctivement, ils pressèrent le pas et hâtèrent leur marche...

Cette habitation, c'était le presbytère de Saint-Jean-du-Doigt !...

II

Le bourg de Saint-Jean-du-Doigt est loin d'offrir à la curiosité du touriste ce que le touriste est habitué à chercher en Bretagne, c'est-à-dire des monuments d'une haute antiquité, ou quelque objet digne d'être soumis à l'appréciation des antiquaires de Paris. – À part son église dont quelques parties rappellent, avec assez de fidélité, l'architecture du quinzième siècle, et un vase d'argent richement ciselé, que l'on y conserve comme un don authentique fait à la commune par la reine Anne, le petit bourg ne présente guère d'intérêt au voyageur, que sa position pittoresque, et la beauté du site qui l'environne !

Le voisinage de la mer imprime à tout paysage un caractère de force et de grandeur ; il y a dans le spectacle de cette immensité sans horizon, comme dans la sauvage harmonie de ces vagues incessamment agitées, quelque chose qui fascine, tourmente le regard et imprègne l'âme d'une tristesse amère et douce à la fois...

En présence de cette page sublime du livre de la nature, c'est en vain que l'on chercherait à nier Dieu... Dieu est là, il faut courber le front et adorer !...

Saint-Jean-du-Doigt est bâti sur les deux versants opposés d'une petite vallée, que la mer envahit souvent dans les jours de grande marée.

Par suite de cette disposition naturelle du village, la population s'est partagée presque également en marins et en laboureurs.

Pendant la semaine, le village n'est habité que par les femmes, les vieillards infirmes et les mendiants ; quand le temps n'est pas absolument mauvais, les laboureurs vont aux champs, tandis que les matelots gagnent la haute mer.

Ce jour-là, Tanneguy et Marguerite ne furent donc pas surpris de trouver Saint-Jean-du-Doigt presque désert, et de n'apercevoir de loin en loin que quelques vieilles femmes occupées à filer le lin, ou quelques vieillards qui se rendaient à l'église.

Ils traversèrent ainsi le petit village, et arrivèrent en peu de temps au presbytère.

Cette habitation est l'une des plus heureusement situées de toute la côte ; placée sur le versant de l'est, elle domine à pic la vallée et la grève qui s'étend jusqu'aux extrémités les plus reculées de l'horizon. Rien n'a été négligé pour augmenter le charme de sa situation. À droite et à gauche de la cour d'entrée, s'élèvent deux bâtiments de forme rustique, où l'on enferme pendant la nuit les bœufs et les chevaux de labour ; au fond se détache vivement sur le ciel bleu la silhouette blanche du presbytère, à moitié caché derrière les arbres fruitiers du petit verger qui le précède.

C'est là que résidait l'abbé Kersaint.

Avant d'être curé de Saint-Jean-du-Doigt, il avait été longtemps vicaire à Lanmeur, et c'est dans cette dernière localité qu'il avait connu Tanneguy. C'est lui qui avait baptisé Marguerite, c'est lui encore qui avait donné à la femme de Tanneguy les suprêmes consolations de la religion.

L'abbé Kersaint était un de ces nobles et vénérables prêtres qui exercent leur saint ministère avec la sérénité d'une conscience pure et l'élan courageux d'une âme dévouée à l'humanité. À Saint-Jean-du-Doigt, comme à Lanmeur, il était devenu le père naturel des pauvres de la commune, et, sur toute la côte, on ne prononçait son nom qu'avec une sainte et pieuse vénération.

Tanneguy et Marguerite connaissaient le presbytère, pour y être venus fort souvent déjà ; ils poussèrent donc la porte sans sonner, et entrèrent dans la cour.

Un énorme chien gardait le seuil de la porte, mais il reconnut vraisemblablement dans ces nouveaux hôtes deux figures de connaissance, car après avoir relevé la tête, et fait entendre un grognement sourd et inarticulé, il se recoucha nonchalamment à deux pas de sa niche, et regarda passer les visiteurs...

Ainsi rassurée par l'attitude bienveillante du cerbère breton, la petite Marguerite quitta aussitôt la main de son père, et courut devant elle.

Déjà les voyageurs avaient été signalés, et la blonde enfant atteignait à peine le seuil de la porte, que l'abbé Kersaint lui-même arrivait à leur rencontre.

– C'est donc toi, Margaït, dit le vieillard en prenant les mains de l'enfant avec une paternelle tendresse, allons, voilà une bonne journée, puisque je te vois, et que tu es en bonne santé...

– Monsieur le curé est bien bon...

– Et nous sommes toujours sage ?...

Marguerite rougit un peu et leva les yeux vers son père qui approchait.

L'abbé Kersaint fit quelques pas, et tendit cordialement la main à ce dernier.

– Le ciel soit avec vous, Tanneguy, lui dit-il, vous êtes un heureux père, et c'est une chose rare que de vous voir sur la côte... il ne vous est rien arrivé au moins depuis que je ne vous ai vu ?...

– Oh ! rien, répondit Tanneguy en serrant la main que lui tendait le vieillard, rien, monsieur l'abbé, si ce n'est que la république nous a envoyé quelques préoccupations que nous n'avions pas auparavant !... Mais, Dieu merci, tout prospère à Lanmeur ; la moisson s'annonce bien ; les foins ont peut-être un peu souffert, mais les blés seront magnifiques, et tant qu'il y aura de quoi faire du pain au pays, les pauvres gens n'auront pas trop à se plaindre...

– Vous avez raison, interrompit l'abbé avec un soupir, mais il y a bien des pauvres gens dans nos campagnes...

En parlant ainsi, ils étaient entrés dans le presbytère ; l'abbé avait fait passer ses hôtes dans la salle à manger, et on leur avait servi une collation frugale.

Toutefois, Marguerite grillait du désir de parcourir le jardin et le verger ; le bon curé s'en aperçut, il fit un signe à Tanneguy, et ce dernier permit à l'enfant de s'éloigner.

Cette dernière ne se le fit pas répéter, et quelques secondes après, on entendit les éclats de sa voix fraîche et sonore, retentir autour de l'habitation.

– Une belle et joyeuse enfant que le bon Dieu vous a donnée là !... dit le vieil abbé, lorsque Marguerite eut disparu.

Tanneguy sourit avec un faux air de modestie, à travers lequel éclatait tout ton orgueil de père.

– C'est ma seule consolation, répondit-il gravement, Dieu m'avait repris la mère, c'était bien le moins, n'est-ce pas, qu'il m'envoyât un de ses anges pour la remplacer !...

– Elle se fait grande déjà...

– Seize ans à peine !...

– Et vous ne songez point à la marier ?...

Tanneguy sourit encore, et montrant du geste Marguerite qui courait en ce moment sous les fenêtres de la salle à manger :

– La marier !... répondit-il, voyez-la... elle n'aime que les fleurs et les papillons ; elle naît à peine, la pauvre enfant ; je veux qu'elle ignore longtemps encore les soucis et les préoccupations de la vie ; tant qu'elle le voudra, je serai là pour lui épargner les douleurs qui sont le partage de la femme, et si Dieu me la conserve, comme il me l'a donnée, je ferai en sorte qu'elle ne connaisse de ce monde que les pures joies et les bonheurs réels...

Puis le vieux Tanneguy ajouta, mais cette fois avec une sorte de complaisance paternelle :

– D'ailleurs, dit-il, Marguerite sera un jour, s'il plaît à Dieu, le plus riche parti de Lanmeur. Voilà bientôt seize ans que je travaille pour elle... J'ai au pays une ferme qui m'appartient en propre, et qui est d'un assez bon rapport... j'ai acheté dernièrement quelques bons arpents de terre ; avec une belle paire de bœufs, et quelques chevaux de labour, cela lui fera une dot présentable. Marguerite peut donc attendre et choisir. Je la laisse libre. Elle a été élevée pieusement, je suis sûr d'elle comme de moi, et quand viendra le moment où il me faudra la remettre aux mains de celui qu'elle aura choisi, je m'y résignerai sans crainte, bien certain d'avance que Dieu l'aura guidée dans son choix, et que son choix sera bon !...

– Brave Tanneguy !... interrompit le bon curé avec bonhomie, vous avez été le meilleur des maris, vous serez le meilleur des pères.

– Oh ! ce me sera pénible de me séparer de ma jolie Marguerite, répondit Tanneguy en soupirant, mais je me suis fait à cette idée depuis longtemps, et quand viendra l'heure, je serai prêt. D'ailleurs, ajouta-t-il avec un pâle et triste sourire, vous le savez bien, monsieur Kersaint, j'ai toujours nourri en moi un désir secret, celui de me retirer au bord de la mer. Cela me rappellera mon ancien métier, et je m'ennuierai moins dans ma solitude si je puis, tous les matins, faire un tour sur la grève. Il y a longtemps que je serais venu habiter Saint-Jean-du-Doigt, si je n'avais pas vu au cimetière de Lanmeur, le tombeau de ma pauvre femme !

– Une brave et digne femme ! interrompit l'abbé.

– Ma petite Margaït sera son portrait, repartit Tanneguy : même beauté sereine, même vivacité, même cœur surtout !...

Le vieil abbé suivait en ce moment les mouvements de Marguerite qui courait, éblouie par les rayons du soleil, presque enivrée par l'air vif et pur du matin. Une certaine gravité s'était tout à coup répandue sur ses traits, et il reporta doucement son regard sur le visage de Tanneguy.

– Tanneguy, lui dit-il alors d'une voix lente et comme s'il eût pesé chacune de ses paroles, il y a bien longtemps que vous n'étiez venu au presbytère, et si vous aviez tardé encore quelques jours, mon intention était d'aller vous trouver à Lanmeur.

– Vraiment !... fit Tanneguy dont l'œil s'éclaira d'une joie sympathique.

– Oui, poursuivit l'abbé, j'avais besoin de vous voir !...

– Est-ce qu'il serait survenu quelque changement dans votre position ?

– Il ne s'agit pas de moi.

– Et de qui donc ?

– De vous, mon ami.

Tanneguy regarda l'abbé avec étonnement ; jamais il ne l'avait vu si grave, et il sentait une vague terreur monter de son cœur et troubler déjà son esprit.

Pourtant, il tenta de faire bonne contenance.

– Eh bien ! reprit-il après un moment de silence donné à la surprise et à l'étonnement, je suis heureux de vous avoir épargné le voyage ; je suis prêt à entendre ce que vous aviez à me dire !... et croyez bien d'avance que vous me trouverez tout disposé à suivre vos bons conseils.

Le vieil abbé sembla alors se recueillir, puis il reprit :

– Je ne sais, mon ami, dit-il, si vous connaissez au pays un homme que l'on a pris l'habitude de désigner sous la dénomination d'Éric le mendiant...

– Je le connais, répondit Tanneguy en fronçant le sourcil.

– Cet homme, poursuivit l'abbé, parcourt journellement les communes de la côte, et il va partout, semant les nouvelles bonnes ou mauvaises, vraies ou fausses, qu'il a recueillies sur son chemin.

– Je lui ai souvent fait l'aumône, et Margaït aussi !... objecta Tanneguy...

– Cela ne m'étonne pas !... il prélève dans la contrée une dîme considérable, dont j'ai ouï dire qu'il faisait mauvais usage. C'est, je crois, une nature perverse, mais cet homme n'est pas seulement méchant, il est encore très dangereux.

– Je le sais !... fit Tanneguy.

– Vous avez eu à vous en plaindre...

– Une seule fois.

– Et depuis, vous ne lui faites plus l'aumône ?...

– Moi, je l'ai chassé de la ferme... mais Margaït lui donne, encore de temps à autre, à ce que j'ai appris.

– Alors, je commence à m'expliquer l'espèce de haine qu'il vous a vouée.

– Ah ! il me hait.

– Il dit du moins beaucoup de mal de vous...

– Mais on n'y ajoute pas foi...

– Tanneguy, c'est une des erreurs les plus funestes des natures loyales et droites, de ne jamais croire à la puissance des méchants !... il est bien souvent difficile, même aux hommes les plus vertueux, de se préserver de leurs terribles atteintes.

– Et qu'importe ce que cet Éric peut dire de moi ! s'écria Tanneguy en redressant le front avec une fierté pleine de noblesse ; il y a vingt ans que j'habite le pays, monsieur l'abbé, et j'y ai assez d'amis dévoués, pour leur laisser le soin de me défendre contre les calomnies de tous les mendiants...

– Mais s'il ne s'agissait pas précisément de vous ?

– Comment ?...

– S'il s'agissait de Margaït, par exemple ?

– Margaït !...

– Vous ne resteriez pas, je le suppose, tout à fait aussi indifférent aux calomnies qui pourraient l'atteindre.

– Il a dit du mal de Margaït !...

Le père Tanneguy s'était levé à moitié, son visage avait tout à coup pâli, et sa main puissante et robuste s'appuyait carrément sur la table de chêne.

Mais l'abbé Kersaint était trop l'ami de Tanneguy, pour ne pas aller jusqu'au bout, et il poursuivit, malgré la colère qui grondait sourdement dans la poitrine du père de Margaït.

– Mon ami, lui dit-il, je me suis promis de vous dire toute la vérité, et je ne veux vous en rien cacher. Éric a dit, et je vous le répète, pour vous mettre à même de prendre des mesures qui fassent cesser de telles calomnies, Éric a dit que depuis plusieurs mois vous receviez fréquemment chez vous un jeune homme que sa position sociale devrait au contraire éloigner de Margaït.

– Octave !... balbutia Tanneguy.

– Octave ! répéta le curé ; je sais moi, et tous vos amis savent aussi que le jeune Octave passe chez, vous, qui êtes le fermier de sa mère, quand le désir d'aller chasser dans les environs l'a réveillé de bonne heure ; mais Éric voit les choses autrement, et il les répand avec des commentaires qui peuvent nuire à la réputation de Marguerite.

– Le misérable !...grommela Tanneguy en enfonçant ses ongles dans la table.

– Voilà ce qu'il dit, mon ami ; il est triste, il est douloureux, d'avoir à défendre une enfant aussi pure que Marguerite de pareilles indignités, mais malheureusement, plus les calomnies sont absurdes, plus elles trouvent de crédit auprès de nos paysans... Vous y aviserez... et dans peu, j'en suis sûr, il n'en sera plus question...

Tanneguy ne répondit pas : son œil s'était ardemment fixé au parquet ; une pâleur livide s'était répandue sur ses joues, son cœur battait à se rompre.

Il se leva.

– Monsieur l'abbé, dit-il alors d'une voix profondément émue, je vous remercie pour Marguerite et pour moi, vous avez le courage de me dire la vérité, et maintenant je comprends bien des choses que je ne parvenais pas à m'expliquer.

– Quelles choses ? fit l'abbé.

– Oh !... des riens ; les sourires des uns, l'air contraint des autres, la joie maligne de tous... l'infamie, monsieur l'abbé. Marguerite est perdue...

– Y pensez-vous !...

– Perdue, vous dis-je... Marguerite est pure comme la rosée de mai ; mais on ne le croit plus... je me vengerai.

– Tanneguy !...

– Ce n'est rien... soyez tranquille... j'aurai du calme, mais il y a du sang des Tanneguy dans mes veines, et nous verrons bien.

– Que comptez-vous faire ?

– Vous allez le savoir, et en peu de mots, comme il convient... Marguerite va retourner avec votre domestique, la vieille Jeanne, à ma ferme de Lanmeur... Moi, pendant ce temps, j'irai régler mes affaires avec l'intendant des Kerhor, et demain je quitterai le pays...

– Partir !

– Demain, monsieur l'abbé...

– Vous reviendrez sur cette résolution.

– Je ne partirai pas sans vous serrer la main, monsieur l'abbé, mais je partirai...

En parlant ainsi, Tanneguy fit un geste d'adieu à l'abbé Kersaint, et franchit résolument le seuil de la porte.

Cependant, on entendait toujours derrière les arbres du verger les éclats joyeux de la voix de Marguerite.

En sortant de Saint-Jean-du-Doigt, deux chemins conduisent au château de Kerhor, habitation d'été de la mère d'Octave : l'un a été établi à grands frais pour les voitures ; l'autre s'est trouvé tout naturellement tracé par les piétons.

En quittant le presbytère, Tanneguy se mit à gravir le petit sentier rocailleux qui suit les sinuosités capricieuses de la côte jusqu'au château.

Il était profondément agité.

Son bâton s'appuyait, avec un bruit sec, sur les pointes vives du roc, et sa main en serrait rudement de temps à autre la poignée. À mesure que l'on s'éloigne de Saint-Jean-du-Doigt, l'aspect du sol devient monotone, âpre et nu ; la végétation luxuriante de l'intérieur des terres disparaît ; on n'aperçoit plus çà et là, que quelques pousses souffreteuses qui essayent de végéter sur les flancs inféconds du roc, ou encore quelques prairies arides, où l'herbe a été flétrie et brûlée par les vents d'orage.

Bien que les rayons d'un soleil éclatant éclairassent ce tableau, tout cela était d'une tristesse morne et désespérée, et Tanneguy en reçut une impression fâcheuse qui ajouta encore à ses cruelles préoccupations.

Tout à coup, il s'arrêta.

À quelques pas devant lui, et sur la pointe extrême d'un rocher qui dominait à pic toute la grève, venait de se dresser une misérable cabane recouverte de chaume.

Sur le seuil de cette cabane, un homme assis nonchalamment, accommodait philosophiquement les guenilles dont il était vêtu.

Cet homme, Tanneguy le reconnut de suite.

C'était celui que, dans le pays, on appelait Éric le mendiant.

Au cri sauvage que le vieux Breton poussa à cette vue, le mendiant releva la tête et pâlit.

Par une sorte de divination magnétique, il avait pressenti quelque catastrophe, et conçut un moment la pensée de se soustraire à cette visite indiscrète... Mais il était déjà trop tard.

Quand il voulut fuir, il se trouva en face du vieux Breton qui avançait.

Il fallait faire contre mauvaise fortune bon cœur, et Éric, qui ne manquait pas d'adresse, alla résolument au-devant du danger.

— Bonjour, monsieur Tanneguy, dit-il en se découvrant avec humilité devant le vieux descendant du connétable ; le pauvre Éric ne vous a point oublié ce matin dans ses prières, ni vous ni votre charmante fille, et s'il plaît à Dieu de les exaucer, les bénédictions du ciel descendront sur votre demeure.

— Je vous remercie, Éric, répondit Tanneguy en se contenant de son mieux, les prières des pauvres sont agréables à Dieu, et je ne doute pas qu'il n'exauce les vôtres, si elles sont sincères.

— En pouvez-vous douter ? fit Éric avec componction.

— J'en ai douté quelquefois, repartit Tanneguy, dont les sourcils se froncèrent malgré lui.

— Cependant...

— Cependant, j'ai à vous parler, maître Éric.

— À moi ?

— À vous-même.

– J'allais sortir.

– Vous sortirez plus tard.

– Le matin, c'est le meilleur moment de la journée.

– Eh bien ! je vous en tiendrai compte, objecta brusquement Tanneguy en lui jetant une pièce de monnaie que le mendiant se hâta de ramasser ; mais j'ai à vous parler, et il faut que je vous parle !

Le mendiant fit disparaître dans sa poche la pièce de monnaie qu'on venait de lui jeter, et montra sa cabane à Tanneguy, comme pour l'inviter à y entrer.

La cabane dont il s'agit avait été construite par le mendiant lui-même, avec quelques poutres que la mer avait jetées sur la côte un jour d'orage, et de la terre qu'il avait ramassée sur la route ; les pluies et les vents des nuits d'hiver l'avaient considérablement détériorée, et le toit, qui se composait de mauvaise paille et de branches d'arbres desséchées, commençait déjà à s'effondrer. Mais cette habitation, quelque chétive qu'elle fût, suffisait à Éric, qui, d'ailleurs, n'y demeurait pas d'une manière régulière et continue ; dans les mauvais jours, il s'estimait encore heureux de trouver là un abri, qu'il n'était pas toujours certain de rencontrer ailleurs.

Une ou deux bottes de paille jetées dans un coin lui servaient de lit, et la cabane n'avait pas d'autre ornement, si ce n'est un mauvais escabeau boiteux, que le mendiant devait à la charité des domestiques du château de Kerhor.

Quand Tanneguy fut entré, Éric s'allongea sur sa botte de paille, son *peu-bas* à gauche et sa besace à droite. Il avait fait ses réflexions : il avait deviné tout de suite ce dont il s'agissait, et il était décidé à affronter jusqu'au bout la colère du vieux Breton ; il n'ignorait pas que Tanneguy était violent, emporté, et qu'il ne s'arrêterait peut-être pas devant les conséquences extrêmes de son emportement ; mais le mendiant se sentait fort, et, au surplus, il n'était pas fâché, que le hasard lui offrit l'occasion d'avoir une explication décisive avec le père de Marguerite.

Il n'éprouva donc aucune émotion en voyant entrer ce dernier, et un sourire presque ironique vint même effleurer ses lèvres, lorsqu'il s'aperçut que Tanneguy parcourait silencieusement la cabane, sans savoir probablement de quelle façon entamer l'entretien.

Éric eut pitié de lui ; il alla au-devant de ses désirs et commença :

– Vous avez désiré me parler, monsieur Tanneguy, dit-il, me voilà tout prêt à vous écouter, et à vous rendre tous les services qu'un pauvre mendiant comme moi peut rendre. Je connais bien du monde au pays et ailleurs, sans me vanter, et si c'est pour avoir des renseignements sur quelque bonne terre à acheter, je suis votre homme.

– Ce n'est pas de cela qu'il s'agit.

– Et de quoi donc ? demanda le mendiant avec une naïveté feinte.

– Il s'agit de vous, et de vous seul, poursuivit Tanneguy, dont les joues se colorèrent vivement, et qui frappa le sol de son énorme *peu-bas*.

Éric le regardait stupidement, et comme s'il eût vainement cherché à comprendre le sens de ses paroles.

– De moi ? répondit-il avec un étonnement admirablement joué ; moi, monsieur Tanneguy, je suis un pauvre mendiant, qui doit son existence à la charité des habitants de la côte. Je serais trop heureux de pouvoir vous être utile à quelque chose..., et je le répète, pour cela je suis votre homme.

– Soit ! fit Tanneguy en réprimant un mouvement d'impatience, vous vous obstinez à ne pas comprendre le sens très-clair de mes paroles, eh bien ! je parlerai avec encore plus de clarté... Écoutez moi donc, maître mendiant, et retenez bien surtout ce que je vais vous dire, car je vous l'assure, il pourrait vous en coûter cher de l'oublier.

En parlant ainsi, le vieux Breton serrait son *peu-bas* dans sa main crispée ; ses sourcils se fronçaient, et ses regards lançaient d'ardentes étincelles.

Éric cependant suivait chacun de ses mouvements avec une impassibilité vraiment remarquable.

Tanneguy reprit :

— Il m'est revenu, dit-il d'une voix ferme et brève, que vous ne vous contentiez pas, dans vos courses de vagabond, d'implorer la charité publique, et que vous ajoutiez encore à ce métier celui d'espion et de calomniateur.

— Moi ? fit Éric, qui se sentit pâlir malgré lui.

— Vous ! poursuivit Tanneguy, vous, Éric, le mendiant !... Et ce qu'il y a peut-être de plus lâche et de plus infâme dans ce rôle que vous jouez, c'est que vous vous gardez bien de vous en prendre à ceux qui pourraient vous faire taire en vous châtiant, ou se venger en vous tuant, et que vous vous attaquez de préférence à des enfants qui n'ont d'autre défense que leurs larmes, ou d'autre refuge que leur silence !

La physionomie de Tanneguy avait revêtu, pendant qu'il parlait, un caractère particulier d'ardente colère qui parut inquiétant à Éric.

Toutefois, il surmonta cette inquiétude passagère, et essaya un sourire modeste.

— On vous a trompé sur mon compte, monsieur Tanneguy, répondit-il ; je vas et viens à travers le pays, vivant des aumônes de tous, et l'idée ne m'est jamais venue de dire du mal de ceux qui me donnent !... Sans doute j'apprends et je vois beaucoup de choses en voyageant ainsi, et quand je rentre le soir dans ma pauvre cabane, j'ai souvent la mémoire bien plus remplie que ma besace ; mais je prends le bon Dieu à témoin que jamais il ne m'est arrivé de raconter ce que j'apprenais ou ce que je voyais...

– Cependant on me l'a dit... objecta Tanneguy.

– On vous aura trompé, repartit le mendiant qui reprenait peu à peu toute son assurance, et voyez-vous, ajouta-t-il avec une sorte de complaisance nonchalante, il y en a qui m'aiment au pays et il y en a qui ne m'aiment pas... Les uns disent du bien de moi, les autres disent du mal... c'est une chose qu'on ne peut pas empêcher, monsieur Tanneguy, et quand on a la conscience honnête, et qu'on croit n'avoir rien à se reprocher, on va toujours son chemin, sans s'inquiéter des mauvaises gens, et des mauvais propos...

Tanneguy s'arrêta à deux pas d'Éric.

Les paroles du mendiant ne l'avaient pas calmé, ses sourcils s'étaient rapprochés, ses dents mordaient ses lèvres avec une fureur mal contenue.

– C'est bien, dit-il d'un accent impérieux et comme s'il eût voulu imposer silence au mendiant, c'est bien, tu n'es pas coupable... tu n'as rien dit, on m'a trompé... puisque tu l'assures, je te crois ; je ne veux plus parler de ce qui est arrivé, je veux seulement te donner un avertissement pour l'avenir !... Il est possible que quelqu'un te paye pour venir espionner ce qui se passe chez moi, mais c'est une chose que je ne puis souffrir davantage, et que j'ai la ferme intention d'empêcher.

– Et comment donc cela ? interrompit Éric avec un sourire presque moqueur.

– En te défendant d'approcher de la ferme, répondit Tanneguy.

Éric haussa les épaules :

– Est-ce que ça se peut, ça ? dit-il en jouant avec son bâton ; je vais à Lanmeur tous les jours, et il n'y a que le bon Dieu qui puisse m'empêcher d'y aller.

– C'est ce que nous verrons, fit Tanneguy, qui s'enivrait peu à peu de sa propre colère.

– Oh ! c'est tout vu !...

– Tu viendras ?

– J'irai !...

– Même si je te le défends ?...

– Surtout si vous me le défendez.

– Misérable ! s'écria Tanneguy.

Et sa figure prit aussitôt une expression terrible ; ses yeux s'injectèrent de sang, et il leva son bâton noueux sur la tête du mendiant.

Ce dernier n'avait pas bougé ; seulement sa main s'était doucement glissée dans la besace qui gisait à ses côtés, et il en retira un instant après une sorte de mauvais pistolet de poche qu'il y tenait constamment caché.

Cependant, la colère de Tanneguy semblait s'être éteinte aussi vite qu'elle s'était allumée, et son arme demeura un moment suspendue sur la tête d'Éric, sans qu'il pût se résoudre à la laisser retomber.

Mais lorsqu'il aperçut le mouvement du mendiant, quand il vit que sa main s'était armée tout à coup du pistolet qu'il venait de retirer de sa besace, et qu'il paraissait disposé à en faire usage, sa colère se ranima instantanément, ses mains se crispèrent et d'un coup de *peu-bas* vigoureusement appliqué, il fit tomber à ses pieds le pistolet du mendiant.

Éric fut comme abasourdi de cette soudaine attaque, il se relava d'un bond, et se jeta avidement sur le pistolet qui venait de lui échapper.

Mais déjà Tanneguy avait eu le temps de poser le pied sur l'arme, et son bâton s'était aussitôt relevé :

Éric le regarda stupidement, ne sachant pas trop s'il devait reculer ou avancer.

– Vous êtes un misérable, maître Éric, dit enfin le vieux Breton, mais cette fois d'une voix plus calme, et si je n'avais écouté que ma colère, j'aurais vengé, d'un seul coup, tous les honnêtes gens de la commune, que vous avez calomniés, comme ma pauvre Margaït... mais vous ne perdrez rien pour attendre, je vous le prédis, si vous continuez à vous faire ainsi le digne instrument des vengeances du château.

Et comme Éric, muet et immobile, ne quittait pas des yeux le pistolet sur lequel Tanneguy avait mis le pied :

– Prenez-y garde, poursuivit ce dernier en lançant d'un coup de *peu-bas* l'arme dehors la cabane, prenez-y garde, maître Éric, vous jouez là un vilain jeu, qui vous conduira peut être plus loin que vous ne voudriez aller... C'est tout ce que je puis vous dire, aujourd'hui ; mais nous pourrons renouer cette conversation, si le désir vous prend jamais de revenir rôder autour de la ferme !...

En parlant ainsi, Tanneguy gagna la porte, et disparut bientôt dans le sentier de Kerhor.

Éric l'avait suivi jusque sur le seuil ; quand il l'eut vu disparaître, il rentra dans la cabane, passa tranquillement sa besace à son cou et releva son bâton.

– Si vous le voulez bien, monsieur Tanneguy, se dit-il alors, et tout en ajustant ses haillons, c'est ce soir que nous reprendrons la conversation.

Et il s'éloigna rapidement, en prenant la direction de Saint-Jean-du-Doigt.

IV

Vers la fin du jour, Marguerite se trouvait dans sa chambre, et elle songeait tristement à tous les événements qui s'étaient succédé depuis quelques heures seulement.

Marguerite savait les projets de départ de son père, et son cœur se brisait quand elle venait à penser que, sous peu de jours, que le lendemain peut-être, il lui faudrait quitter ce pays, où elle se sentait retenue par des liens mystérieux et irrésistibles : quand cette amère pensée s'emparait de son esprit, l'image sombre et désespérée d'Octave passait devant elle, et ses yeux s'emplissaient de larmes.

Marguerite aimait Octave d'une sainte et pure amitié ; mais l'amitié d'une enfant naïve comme elle aboutit souvent à l'amour.

Depuis quelque temps surtout, la pauvre Marguerite éprouvait à l'approche d'Octave de singuliers symptômes qui jetaient bien souvent le trouble et l'effroi dans son esprit. Son cœur battait plus vite dans sa poitrine ; le sang circulait plus ardent dans ses veines ; tout son corps tressaillait d'une joie sans seconde quand, par hasard, sa main rencontrait la sienne. La nuit, Marguerite avait des insomnies étranges ; aux pâles rayons de la lune, il lui semblait voir les anges, ses sœurs, s'asseoir à son chevet, et la contempler tristement ; elle s'effrayait malgré elle, et, par une contradiction qu'elle ne pouvait comprendre, elle aimait ce trouble, cette frayeur, cette vague inquiétude dont son âme était pleine.

Qu'allait-elle devenir quand il lui faudrait s'éloigner ? quand il lui faudrait quitter le bourg pour n'y plus revenir ? quand il lui faudrait renoncer à revoir jamais Octave ?

Marguerite ne se sentait pas la force de lutter contre la volonté de son père ; elle n'en avait ni le courage ni la pensée ; elle était décidée d'avance à faire le sacrifice de son amour, à mourir lentement, plutôt que d'attrister, par un refus, la vieillesse de son père ; et cependant combien de larmes, combien de tristesses, de désespoirs !...

La vieille Jeanne, la servante de l'abbé Kersaint, n'avait pas quitté Marguerite ; il se faisait tard cependant, et c était l'heure du repos. La vieille Jeanne se mit en devoir d'aider la fille de Tanneguy à se dépouiller de ses vêtements du jour.

Ces soins arrachèrent pour un moment Marguerite à ses tristes préoccupations. La femme redevenait enfant, pour admirer chaque parure qu'on lui ôtait, et elle ne se lassait de regarder sa petite glace, comme pour s'assurer qu'elle restait jolie.

Tantôt c'était son collier de perles blanches qu'on lui enlevait, et elle redressait avec fierté son beau col de cygne, aussi blanc que la neige. Une autre fois c'était son surtout de drap piqué que la vieille allait déposer dans un grand bahut sculpté, et son regard caressait avec amour les contours délicieux de sa taille ; mais ce fut surtout lorsque Jeanne détacha le nœud qui retenait ses cheveux et qu'elle les sentit retomber en longues boucles sur ses épaules et son sein nus, qu'elle se prit à rougir, croisant ses deux bras sur sa gorge naissante par un geste plein de pudeur.

Elle était si belle ainsi ! Il y avait dans sa pose tant de chasteté et de beauté ; son regard à demi voilé étincelait de tant d'amour contenu et de tant de pudeur, que la vieille Jeanne s'arrêta un instant pour la contempler et l'admirer. Elle était belle, et sainte, et pure ; le vent des passions terrestres n'avait point encore soufflé sur cette frêle enveloppe ; son cœur était aussi pur que son âme, son âme était aussi blanche qu'au sortir des mains de Dieu !

Quand Marguerite vit que Jeanne restait debout devant elle, plongée dans une admiration muette, elle jeta un petit rire, vif et doux comme un cri d'oiseau, et alla elle-même prendre un long vêtement de toile blanche, puis, s'étant assurée que tout aide étrangère lui était désormais inutile, elle congédia Jeanne, et demeura seule.

Alors, elle se reprit encore à songer à son départ, essaya de mettre en ordre tous les objets qu'elle allait emporter, et comme l'horloge de Lanmeur sonnait onze heures, elle alla s'agenouiller près de son lit, et commença sa prière, les mains jointes, les yeux levés au ciel.

Mais à peine eut-elle commencé, qu'une émotion fébrile fit trembler ses mains, elle baissa les yeux, et s'étant détournée avec vivacité, elle aperçut un homme debout au milieu de la chambre.

Octave !... s'écria-t-elle en devenant pâle comme une morte, Octave !

— Marguerite !... répondit le jeune homme, d'un ton suppliant.

— Vous, ici ! poursuivit Marguerite, vous ! oh ! mon Dieu... mais quelle a été votre pensée, dites ? qui vous y a conduit ? comment y êtes-vous venu ?... dites ! dites !... mais répondez...

Et comme elle ne se sentit pas la force d'en dire davantage, elle laissa retomber sa tête dans ses mains, et se prit à sangloter.

Le jeune homme s'élança alors vers elle, et, avant qu'elle eût eu le temps de s'éloigner, il lui prit les deux mains dans les siennes.

— Marguerite !... lui dit-il, d'une voix pleine de larmes ; ma jolie Marguerite... ne pleurez pas ainsi ; écoutez-moi, vous allez partir !

— Partir ! fit Marguerite en relevant la tôle.

— Demain, m'a-t-on dit... demain, il faudra me séparer de vous, pour toujours...

Oh ! je n'ai pu accepter cette pensée cruelle ; j'ai voulu vous revoir encore une fois, vous dire un dernier adieu... et je suis venu... Marguerite, auriez-vous la cruauté de me dire que j'ai mal fait ?

– Eh bien ! répondit Marguerite, vous êtes venu, Octave, vous m'avez vue... et maintenant, vous pouvez partir.

Et comme elle se dirigeait vers la porte de la chambre qu'elle se disposait à ouvrir, Octave l'arrêta :

– Y pensez-vous, lui dit-il, je ne puis sortir par cette porte, je rencontrerais quelqu'un en ce moment, et vous seriez perdue.

Marguerite courut alors vers la fenêtre qu'elle ouvrit. La campagne était calme, le ciel chargé de nuages ; personne ne veillait alentour ; mais il y avait quinze pieds d'élévation, et l'on pouvait se tuer en tombant...

Elle revint s'asseoir triste et rêveuse auprès de son lit.

Pendant quelques secondes un silence embarrassant régna dans la chambre.

Octave restait debout et regardait Marguerite accablée, les yeux fixés vers le parquet. Dans un moment même, il vit des larmes couler silencieusement le long de ses joues.

Un profond sentiment de pitié s'empara de lui : il comprit que sa position devenait odieuse. C'était la première fois qu'il faisait trembler cette enfant, et il se reprocha sa lâcheté.

Il alla donc se mettre à genoux à deux pas d'elle, et joignant les mains a son tour :

– Marguerite !... dit-il, je vous aime !... je vous aime de tout ce que Dieu a mis en moi d'amour et de passion ; je vous aime comme un insensé ; voilà ma faute !... ne me pardonnerez-vous pas ?... Oh ! ne pleurez pas ainsi... je puis sortir !... cette fenêtre n'est pas si élevée qu'on ne puisse s'échapper par cette issue... je partirai !... et qu'importe après tout que je meure si vous êtes sauvée... vous, vous, Marguerite, ma Marguerite, bien-aimée...

Marguerite le regarda à travers ses larmes avec une mélancolie profonde.

– Octave, répondit-elle, vous m'aimez, dites-vous ; j'ai bien besoin de vous croire, dans ce moment surtout.

Et elle prit un ton grave et une pose sérieuse et réfléchie.

– Octave, poursuivit-elle, vous ne pouvez vous retirer par cette porte, car, ainsi que vous le disiez, on vous rencontrerait, et je serais perdue. Cette fenêtre ne vous offrirait pas un moyen meilleur de retraite, et quoique vous me le proposiez, je serai aussi généreuse que vous, je n'accepterai pas. Il faut donc que vous restiez ici jusqu'au jour.

Mais, ajouta-t-elle en lui désignant un des coins de la chambre, j'attends de votre loyauté, de ne point franchir la distance que vous allez mettre entre nous !...

C'étaient deux enfants, l'un âgé de vingt ans, l'antre de seize... âge heureux où l'on se souvient encore de sa première pureté, où l'âme n'a pas perdu toute sa naïveté et sa candeur ; âge terrible aussi, où les premières passions, les plus doux sentiments, les plus irrésistibles penchants s'éveillent au cœur de l'homme.

Octave était un bon et simple jeune homme, qui n'avait pris aucun des travers du milieu dans lequel il avait vécu. Fils unique, dernier rejeton d'une famille aristocratique, il avait été entouré, dès son enfance, de tous les soins, de toutes les fantaisies qui flattent l'esprit, et cependant, son cœur ni son esprit n'en avaient été gâtés. Il s'était développé au milieu de ce monde de luxe, sans se laisser entraîner sur la pente si douce des plaisirs faciles que le monde tolère, et à vingt ans, il avait encore sa première pureté, et aucune séduction ne l'avait entraîné au-delà des limites sacrées de l'honneur et du devoir.

Octave avait aimé Marguerite dès le premier jour ; il avait bien senti le trouble pénétrer dans son cœur, avec ce nouveau sentiment ; mille désirs impatients avaient vingt fois sollicité sa jeunesse ; mais la passion ne l'avait pas emporté jusqu'à l'aveuglement, et jamais la pensée ne lui était venue de ternir la chasteté de son amour par une trop vive ardeur de la possession.

Pour Marguerite, nous l'avons dit, les choses s'étaient passées autrement. Pour elle, en effet, la vie n'avait pas toujours eu des joies sans amertume ; privée, dès sa plus tendre jeunesse des caresses d'une mère chérie, elle avait vécu, un peu isolée, quelquefois même, en proie à des découragements indéfinissables. L'amour de son père ne lui avait pas toujours suffi. Puis, un soir, elle avait vu Octave, et elle l'avait aimé. Cela s'était passé aussi simplement que nous le racontons. Elle crut lire dans les yeux du jeune homme qui se rapprochait d'elle, une pitié tendre qui s'adressait à sa souffrance cachée, une promesse de bonheur qu'on lui envoyait pour l'aider à supporter ses douleurs secrètes, et elle, la pauvre enfant naïve, s'était laissé prendre à la joie, à l'espérance, à la vie, en rencontrant cette chaste sympathie. Il y avait dans le cœur d'Octave trop de pur amour, pour que l'idée lui vînt de faire rougir Marguerite.

Il se serait tué plutôt.

Et cependant, du coin où l'amoureuse jeune fille l'avait relégué, il jetait un coup d'œil avide sur ces charmes divins, qu'un voile léger lui dérobait à peine.

Il ne l'avait point encore vue ainsi.

Et son regard s'allumait, sa poitrine était en feu ; vingt fois même, par un mouvement irréfléchi, il fut sur le point de se précipiter vers elle, et de la prendre dans ses bras...

Mais un geste de Marguerite, geste moitié impératif, moitié suppliant venait l'arrêter, et le retenir à sa place.

Ils s'aimaient tous deux, et c'est ce qui les sauva !...

Pourtant, dans un de ces moments où le sang refluait avec tant d'abondance vers la poitrine d'Octave, où le feu circulait, ardent dans ses veines, où mille désirs mal combattus l'emportaient malgré lui, vers une solution dont il eût rougi de sang-froid, la vertu dont il avait fait preuve jusqu'alors fut vaincue, et il marcha à Marguerite, les cheveux en désordre, et la tête perdue !

En le voyant ainsi venir à elle, Marguerite poussa un cri de détresse, et croisa ses deux bras sur sa poitrine :

– Octave, cria-t-elle d'une voix désespérée, vous mentez à votre parole.

– Marguerite, essaya de répondre Octave, qui déjà, d'un geste puissant, saisissait ses deux mains effrayées.

– Oh ! mon Dieu !... dit la jeune fille accablée.

– Marguerite ! Marguerite !... tais-toi... poursuivit Octave, tais-toi, je t'aime... des préjugés de famille nous séparent aujourd'hui... mais tu peux être à moi !... devant Dieu, tu seras ma femme, ma Marguerite bien-aimée... Oh ! je te le jure, enfant chère, mon plus saint désir, ma plus noble ambition est de consacrer ma vie à ton bonheur ; et quoiqu'il arrive, mes jours sont désormais liés aux tiens... Marguerite.

– Laissez-moi ! dit la fille de Tanneguy d'une voix mourante.

– Jamais !

– Octave ! Octave ! vous êtes mon plus implacable ennemi !...

Mais Octave n'écoutait plus rien, un instant encore, et Marguerite était perdue... Elle fit un effort désespéré ; la honte et la pudeur lui donnèrent des forces surhumaines, et, dégageant ses mains de l'étreinte passionnée de son amant, elle courut effarée vers la fenêtre qu'elle se hâta d'ouvrir :

– Si vous faites un pas de plus, dit-elle en indiquant cette nouvelle issue qu'elle venait de se frayer, Octave, je me tue.

Mais Octave n'avait nulle envie de la suivre ; déjà son sang s'était refroidi, et il avait honte du mouvement qui l'avait un moment emporté. D'ailleurs la porte venait de s'ouvrir, et la silhouette du père de Marguerite s'y dressait maintenant grave et sévère.

– Octave ! dit le vieillard d'une voix lente et sombre, je vous ai estimé jusqu'aujourd'hui à l'égal d'un gentilhomme et d'un homme de cœur ; mais l'action que vous venez de commettre est une lâcheté, et je vous méprise...

– Monsieur, balbutia Octave.

– Une lâcheté, répéta Tanneguy avec fermeté ; une pauvre fille sans défense, une enfant, innocente et pure ; ne pas se contenter de la séduction du regard et de la parole, pousser l'infamie jusqu'à la violence, ah ! c'est trop, monsieur, et tout autre que moi, peut-être, vous eût fait payer cher une semblable conduite...

– Mais je l'aime ! interrompit Octave ; mon seul désir est de faire de Marguerite ma femme devant Dieu et devant les hommes !

Tanneguy haussa les épaules, et sourit :

– Que vous l'aimiez, monsieur, répondit-il, c'est possible : mais que vous ayez l'intention de l'épouser, c'est faux.

– Pourtant...

– C'est faux, vous dis-je, car vous savez bien, comme moi, que Mme la comtesse de Kerhor ne consentirait jamais à une pareille union. Et cependant, poursuivit Tanneguy, toujours avec la même gravité triste, il fut un temps où les Tanneguy eussent peut-être hésité, eux aussi, à contracter une alliance avec les Kerhor. Mes ancêtres m'ont légué à moi aussi, monsieur le comte, un blason que je n'étale pas aux yeux du monde, mais dont je suis fier, et je ne permettrai à personne, à personne, entendez-vous, de le souffleter impunément !

Et comme Octave demeurait interdit et muet, le vieux Breton continua :

– C'est le malheur des temps, monsieur le comte, dit-il, les jeunes gens d'aujourd'hui, qui, à l'âge de vingt ans ne croient plus à l'amour, à la fidélité, à la loyauté, à l'honneur, s'arrogent le droit de porter insolemment le trouble et la honte dans les familles... Que leur importe à eux la vieillesse du père ou la pureté candide de la fille ; ils vont droit leur chemin, sans s'inquiéter de ce qu'ils laissent derrière. Mais il peut se trouver cependant, et j'en suis une preuve vivante, monsieur le comte, un homme, un vieillard, que de pareilles actions révoltent, qui a encore dans les veines un sang jeune et vigoureux, et qui, au besoin, ne l'oubliez pas, saurait venger par l'épée, et d'une main sûre, l'outrage fait à son honneur ! Allez donc, monsieur le comte ; demain, grâce à vous, ma fille et moi nous quitterons le pays... Et je vous le dis, avant de vous quitter, je vous le dis sans colère et sans forfanterie, je prie Dieu qu'il vous éloigne à tout jamais de ma demeure.

Octave avait tout écouté sans répondre.

Toutes ces insultes il les avait dévorées sans mot dire ; c'était le père de Marguerite qui parlait, et il faisait sans hésiter le sacrifice de sa vanité à son amour.

Mais quand le vieux Tanneguy eut cessé de parler, il releva la tête et fit quelques pas vers lui :

– Monsieur, lui dit-il d'une voix ferme, les apparences accusent aujourd'hui la sincérité de mon amour, et ce n'est ici ni le lieu ni le moment de me disculper !... Pour Marguerite, pour moi, pour vous-même, je me tairai... Je n'ai qu'un mot à dire cependant, et ce mot renfermera toute l'explication de ma conduite : j'aime Marguerite, et je jure Dieu qu'elle sera ma femme.

Puis, se tournant alors vers la jeune femme qui se tenait plus morte que vive adossée à la fenêtre ouverte :

– Adieu, lui dit-il, mais cette fois la voix pleine de larmes et le cœur brisé, adieu, Marguerite. Oh ! ne m'oubliez pas trop vite, et un jour vous saurez combien je vous aimais !

Et, sans attendre de réponse, il franchit le seuil de la porte, sans même oser regarder en arrière.

Cependant Marguerite était tombée à genoux, la tête dans ses mains.

Elle sanglotait.

Le lendemain, la ferme fut vendue à la hâte, et le père Tanneguy et sa fille quittèrent précipitamment le pays, sans que l'on pût dire quelle direction ils avaient prise.

V

Deux années s'étaient écoulées depuis les événements que nous avons racontés aux chapitres précédents. Si le lecteur veut bien nous suivre, nous allons le mener vers une partie de la Bretagne, en l'assurant d'avance qu'il n'aura rien perdu au change.

La Bretagne est assez riche pour fournir un cadre heureux à tout ce que la vie habituelle peut offrir de scènes saisissantes et dramatiques.

Il faisait nuit déjà depuis quelques heures ; on était au mois de septembre ; des nuages noirs et lourds couraient dans le ciel ; le vent soufflait âpre et froid sur la côte.

Deux cavaliers venaient de sortir de Brest, et se laissant aller au pas tranquille de leur monture, ils avaient pris le chemin qui mène au Conquet, en côtoyant la rade.

L'un pouvait avoir vingt-huit ans, l'autre en avait à peine vingt-deux.

Le plus âgé était un grand gaillard aux allures vives et décidées, qui portait hardiment son chapeau de feutre sur l'oreille, et dont le visage rayonnait de gaieté et de bonne humeur.

Le plus jeune, au contraire, était petit, quoique bien pris dans sa taille ; une extrême pâleur était répandue sur ses joues, et une certaine teinte de mélancolie attristait ses traits.

Ils cheminaient l'un à côté de l'autre sans échanger la moindre parole.

Du reste la route était déserte, quelques gouttes de pluie commençaient à tomber, et l'on entendait du sentier ce bruit tourmenté qui s'élève des flots que le flux et le reflux agitent incessamment.

La situation prêtait peu à la conversation.

L'aspect de la rade était sans charmes, et avec le vent et la pluie, cinq lieues à faire n'étaient certainement pas chose bien attrayante.

Toutefois, le plus âgé des deux voyageurs sembla penser autrement, car après quelques minutes de silence il se tourna brusquement vers son compagnon, et arrêta son cheval en poussant un éclat de rire qu'aucun écho ne lui renvoya.

— Ah çà ! mon cher Octave, dit-il avec un accent de brusquerie de bon aloi, je ne vous trouve guère charmant cejourd'hui ; et si j'avais prévu le cas où vous deviendriez aussi monotone, je me serais bien gardé de quitter notre chère capitale pour vous suivre dans ce pays qui, s'il ne manque pas de pittoresque, manque essentiellement de lune et de soleil.

— Vous aimez donc, bien le soleil ? repartit ironiquement son compagnon.

— Vrai Dieu, mon ami, s'écria le plus âgé d'un certain ton enthousiaste qui avait sa séduction, j'ai vécu dix ans de mes plus belles années dans un affreux taudis de l'une des plus horribles rues de Paris ; l'escalier était étroit et sombre, la chambre ornée de ses quatre murs ; je montais cent vingt-huit marches pour y atteindre, et jamais, durant les dix années de labeur opiniâtre et de luttes incessantes, je n'ai eu une heure de lassitude ou une seconde de découragement.

— Et pourquoi cela ? objecta Octave.

—Ah dame ! poursuivit son compagnon, c'est que ma chambre, ou ma mansarde si vous l'aimez mieux, avait deux grandes fenêtres ouvrant sur le ciel et recevait de première main les plus purs et les plus riants rayons du soleil. Le matin, à midi, le soir, du soleil ! c'est-à-dire, mon cher ami, de la gaieté, de la confiance en Dieu, de l'indépendance, de l'amour, ces mille sentiments bénis qui font de la vie un éternel enchantement...

– Vous n'avez pas l'air médecin, Horace, objecta Octave.

– Pourquoi donc ?

– À votre enthousiasme !...

– Ah çà ! mon bon, moi j'avoue mon faible ; j'aime la vie ; je n'ai jamais, comme vous, nourri d'affreuses et froides pensées de suicide. Le hasard m'a ramassé un jour dans les rues de Paris, où je peignais des enseignes ; j'avais quatorze ans, je ne connaissais ni mon père ni ma mère, mais j'étais intelligent, Dieu merci, et je portais dans mon cœur cette fleur d'éternelle jeunesse que rien au monde n'a pu encore flétrir... Ah ! Octave, je voudrais bien vous donner quelquefois un peu de ma gaieté et de mon insouciance.

– Votre existence n'a pas été secouée par les mêmes douleurs, répondit Octave avec un sourire triste.

– La mort de votre mère !...

– Oui ; et plus que cela peut-être, la perte d'un amour dont j'avais fait mon seul rêve.

– Vous m'avez compté cela... mais enfin on se console.

– Le croyez-vous ?

– Je n'en sais rien... mais on se distrait, on travaille, on voyage...

– Et que faisons-nous donc ?

– Pardieu ! vous avez raison... nous voyageons, nous allons pour le moment... où diable m'avez-vous dit que nous allions ?

– Au Conquet.

– Non, à l'abbaye de Saint-Matthieu, un monastère antique, planté audacieusement sur un promontoire battu par les flots, suspendu comme un vaisseau de pierre entre le ciel et l'eau... Ce doit être superbe !

– Et cependant vous maugréez.

– Aussi, avouez que je n'ai pas tout à fait tort ; voilà bientôt huit jours que nous arpentons la Bretagne, un délicieux pays, ma foi, tantôt à pied, tantôt à cheval ; et depuis huit jours nous n'avons pas couru le moindre danger et rencontré le moindre voleur.

– Vous vous croyez toujours en Italie ?

– Le fait est qu'en Italie nous aurions eu le temps d'être dévalisés vingt fois.

– Grand merci.

– Bah ! l'imprévu, cher ami, n'est-ce pas la vie ? Je donnerais, moi, la moitié de mon existence pour ignorer ce que je ferai durant l'autre moitié.

Tout en devisant ainsi, les deux amis avaient laissé bien loin derrière eux la ville de Brest et les petites habitations qui s'échelonnent le long de la côte.

À mesure qu'ils avançaient, le chemin devenait plus difficile, plus montueux ; les chevaux avaient bien de la peine à suivre le sentier, que les pluies récentes avaient détrempé. D'ailleurs la route avait cessé de côtoyer la rade, et maintenant ils s'enfonçaient à chaque pas davantage dans les terres.

Octave était retombé dans sa mélancolie ordinaire. Horace, désespérant de l'en arracher, se contentait de le suivre sans rien dire.

Le silence s'était donc rétabli, et un incident seul pouvait désormais le rompre.

Cependant Octave s'arrêta tout à coup et se tourna vers son compagnon avec une certaine vivacité qui ne lui était pas habituelle.

– On se distrait, on travaille, avez-vous dit, s'écria-t-il brusquement. Vous croyez donc, vous, Horace, que l'on puisse oublier...

– Je le crois, répondit Horace un peu surpris de cette boutade inattendue.

– Ah ! c'est que vous n'avez jamais aimé !

– Jamais !

– Eh bien ! moi, Horace, moi j'avais vingt ans alors, c'est-à-dire que je n'avais pas encore souffert : la vie ouvrait devant moi ses deux portes dorées, et mon cœur, que rien n'avait blasé, acceptait sans défiance les premières promesses de bonheur... Avoir vingt ans et se croire aimé d'une femme que l'on aime, Horace, le ciel n'a pas de plus douces ni de plus pures joies... Ce que j'avais fait de rêves insensés, Dieu seul le sait... et un seul jour, une heure a brisé tout cet avenir de bonheur. Voilà de ces malheurs que l'on ne peut oublier, mon ami !

– Pauvre Octave !

– Ah ! vous qui êtes médecin, Horace, vous qui, grâce à un travail surhumain, êtes parvenu à conquérir à vingt-huit ans une des places les plus illustres parmi les célébrités européennes, dites-moi donc pourquoi l'on ne meurt pas de douleur, ou plutôt, ce que c'est que cette douleur qui vous tue peu à peu, lentement, longuement. Dites-moi ce que c'est que la vie, l'amour, ce que c'est que la mort.

– Ceci ne rentre pas clans la chirurgie, mon ami, objecta Horace.

– Ah ! tenez, poursuivit Octave avec un geste de découragement, l'amour est un sentiment triste... J'ai songé bien souvent à me tuer, depuis que j'ai perdu Marguerite. Où est-elle ?... qu'est-elle devenue ?... est-elle morte, elle, morte de honte et de désespoir ? dois-je la rencontrer un jour, ou faut-il que j'use ma vie, ainsi, heure par heure, dans cet isolement qui m'épuise, m'absorbe, et m'enlève à chaque instant un peu de ma force et de mon courage ?...

Horace ne répondit pas... Depuis quelques minutes, un bruit de pas s'était fait entendre derrière eux, et cet incident mit fin momentanément à la conversation.

D'ailleurs ni Octave ni Horace n'étaient bien certains du chemin qu'ils suivaient en ce moment, et ils n'étaient pas fâchés l'un et l'autre d'avoir, à ce sujet, quelques renseignements positifs.

Horace arrêta son cheval.

Par imitation, Octave en fit autant.

Quelques secondes s'étaient à peine écoulées, qu'ils virent poindre, derrière eux, au bout du sentier, la silhouette d'un homme, qui portait le costume du pays.

Cet homme marchait d'un bon pas, et s'appuyait sur un bâton ferré.

La lune était cachée derrière les nuages noirs que le vent chassait de la côte ; mais les pâles rayons qu'elle laissait glisser de temps à autre suffisaient à détailler les parties importantes de son costume.

Il portait le chapeau aux larges bords, l'habit de drap brun des hommes du canton de Saint-Thégonnec, et des guêtres de cuir qui lui montaient à mi-jambes. Cet homme paraissait être encore dans toute la force de l'âge.

Comme les deux cavaliers s'étaient arrêtés au milieu du sentier, il les eut bientôt rejoints, et passa près d'eux, sans ralentir le
pas.

Seulement, et selon l'antique et solennelle coutume du pays
breton, en passant près d'eux, il porta la main à son chapeau, et
salua.

Les deux jeunes gens lui rendirent respectueusement, son
salut, et Horace se mit aussitôt en devoir de l'interpeller.

— Pardon, monsieur, lui dit il, pardon de vous arrêter, mais
mon ami et moi, nous nous sommes engagés dans ce sentier, un
peu imprudemment, et nous ne savons vraiment pas s'il nous
conduira où nous désirons aller.

— Et où désirez-vous aller ?... demanda le Breton, en
s'appuyant sur son *peu-bas*, au milieu du sentier.

— Au Conquet...

— Ce chemin y mène tout droit, messieurs...

— Et combien avons-nous encore de lieues, pour y arriver ?

— Trois, au plus, répondit le Breton, qui, sans attendre nue
autre question, salua de nouveau les deux cavaliers, et reprit sa
route du même pas rapide et pressé.

— C'est égal !... murmura Horace dès que le Breton eut pris
une certaine avance, les habitants de ce pays, sont d'étranges
gens... N'avez-vous pas remarqué, Octave, l'énorme ceinture de
cuir que celui-ci portait autour des reins ?...

—En effet ! fit Octave.

— Diable d'idée de rentrer chez soi, à une pareille heure de la
nuit, quand on porte de pareilles sommes...

— La côte est sûre.

–Que sait-on ?...

– Les Bretons ne volent pas...

– Non, mais les forçats ?...

Il y eut un silence.

Silence plein d'angoisses, car tous les deux avaient cru entendre les arbustes du sentier tressaillir sous une pression, qui n'était pas celle du vent.

– N'avez-vous pas entendu ?... demanda presque aussitôt Horace.

– Si fait !... répondit Octave.

– Il y avait quelqu'un dans le champ voisin...

– Peut-être bien...

– Je vous avoue que je ne serais pas très-rassuré à la place de notre Breton.

– Vous ne rêvez qu'aventures, mon ami...

– Vous avez raison, sans doute, Octave, mais si vous m'en croyez, nous presserons le pas...

– Pour fuir ! fit Octave en riant.

– Pour escorter ce brave homme... répondit Horace... et tenez, ajouta-t-il presque immédiatement, voyez si mes pressentiments me trompaient !...

Les deux cavaliers étaient arrivés à ce moment, dans un endroit élevé, d'où le voyageur domine les lieux environnants.

Octave avait arrêté une seconde fois son cheval, et il tourna les regards vers l'endroit que lui désignait son compagnon.

À une distance d'environ deux cents pas, trois hommes traversaient un champ de blé noir, en courant, et se dirigeaient en toute hâte, vers le sentier dans lequel le Breton venait de s'engager.

– Vous avez raison, dit Octave.

– En avant donc, répondit Horace, et Dieu veuille que nous arrivions à temps.

Les deux jeunes gens lancèrent aussitôt leur cheval, mais à peine eurent-ils franchi une certaine distance, que le bruit d'une lutte, suivi peu après d'un cri épouvantable s'éleva du milieu de la nuit, et vint les glacer d'effroi...

– Un crime ! s'écria Octave.

– Un assassinat ! ajouta Horace.

Et ils reprirent leur course plus rapide, enfonçant leurs éperons sanglants, dans le ventre de leur bête.

En dix minutes, ils furent sur le lieu de la scène.

Mais les assassins avertis par le bruit de leur course, avaient eu le temps de prendre la fuite, et il ne restait plus sur le revers de la route que le cadavre inanimé du Breton.

Horace sauta aussitôt à bas de son cheval, détacha sa trousse de la selle, et s'avança rapidement vers la victime.

Son chapeau gisait loin de lui ; sa ceinture de cuir avait disparu, une large blessure ouvrait sa poitrine.

Octave était descendu de son cheval, comme son compagnon, avait attaché les deux bêtes à la haie du chemin, et plein d'anxiété, il s'était rapproché d'Horace qui déjà tenait la main du blessé...

— Il n'est pas mort, au moins ? demanda-t-il vivement, à voix basse.

— Heureusement, répondit Horace.

— La blessure est-elle mortelle ?...

— Non.

— Je respire...

— Ah ! ne nous flattons pas trop cependant, mon ami, poursuivit le jeune médecin, ceci n'est point seulement un vol ordinaire, croyez-moi ; il y a là quelque atroce et épouvantable vengeance.

— Qui peut vous faire supposer...

— La nature de la blessure même.

— Comment...

— Regardez vous-même.

En ce moment, la lune venait de se dégager des quelques nuages qui interceptaient les rayons, et grâce à sa clarté douteuse, Octave put examiner l'état de la victime.

— Par un hasard providentiel, poursuivit Horace, en découvrant la poitrine du Breton avec le même sang froid que s'il se fût cru encore, professant l'anatomie dans l'un des hôpitaux de Paris ; par un hasard providentiel, le couteau a porté sur une côte, et s'y est arrêté ; mais il est facile de voir avec quelle vigueur, disons avec quelle haine le coup a été porté. Dans une attaque ordinaire, l'assassin se fût contenté de mettre son adversaire hors de combat ; ici, il a choisi sa place... et je dirai plus, je gagerais que la victime a été frappée après le vol...

– Je vous avoue que je ne comprends pas... objecta Octave.

– Vous allez comprendre, ... repartit Horace, il y a eu lutte d'abord, c'est évident... Voici les vêtements déchirés, le linge froissé, le chapeau lancé au loin, tous indices certains d'un combat acharné, lequel a dû se terminer par la chute de notre Breton... il avait affaire à trois adversaires, nous les avons vus ; il a dû succomber... et remarquez ceci, Octave, c'est que cet homme n'a pas reçu durant le combat la moindre égratignure ; qu'il était d'ailleurs désarmé, puisque nous ne retrouvons plus son bâton ;... qu'enfin, lorsqu'il est tombé, les trois voleurs étaient maîtres de lui, et qu'il n'avait aucun intérêt à commettre un meurtre désormais inutile.

– À moins cependant que l'un des assassins ne fût connu de la victime, dit Octave.

– Voilà la vérité, ajouta vivement Horace, vous l'avez trouvée... Oui, pendant la lutte, le malheureux aura prononcé un mot, un nom peut-être... Ce nom était celui de l'un des assassins, et cela a suffi... Quand il est tombé, il était déjà condamné... On l'a assassiné à froid.

– Voilà une terrible histoire.

– Bah ! fit Horace, il en sera quitte pour quelques milliers de francs de moins.

Et, sans ajouter une parole de plus, le jeune médecin se mit en devoir de panser la blessure du Breton, qui déjà, d'ailleurs, commençait à revenir de son évanouissement.

C'était, il faut le dire, une scène profondément, saisissante, surtout à l'heure et dans le lieu où elle se passait.

Le paysage qui les entourait avait un aspect particulièrement triste.

Quelques champs sablonneux où poussait une végétation sans force ; çà et là, de frêles bouquets de bouleaux brûlés par les vents d'ouest ; partout une campagne nue et sans charme ; enfin, une certaine harmonie monotone et désolée, qui se composait du bruit des vagues sur les falaises prochaines, ou des plaintes du vent de mer dans les genêts.

Les deux jeunes gens s'étaient tus, en proie à mille sentiments contraires, et penchés avidement sur le patient, ils épiaient, chacun de ses mouvements, attendant avec une anxiété mortelle qu'il revint à lui !

Le Breton ne se fit pas longtemps attendre ; il agita d'abord ses deux bras, comme au sortir d'un long sommeil, passa à plusieurs reprises sa main sur son front et dans ses cheveux, et promena enfin son regard effaré autour de lui :

— Où suis-je ?... demanda-t-il d'une voix faible.

— Près de deux amis, répondit Horace, et surtout près d'un médecin que Dieu avait envoyé là pour vous sauver.

— Mais... que s'est-il donc passé ? ajouta encore le vieux Breton, qui ne se rappelait pas.

Puis, passant de nouveau sa main sur ses tempes glacées, il chercha à fixer ses esprits ; son regard examina une à une les touffes de genêts qui ornaient les revers de la route, les chevaux attachés à la haie, Octave, Horace, tout ce qui l'entourait ; et quand il le reporta sur lui-même, il s'arrêta et laissa échapper un mouvement d'effroi, en apercevant sa propre blessure :

— Du sang !... s'écria-t-il ; mais cette fois d'une voix ferme et qui ne tremblait plus... Du sang... ! oh ! je me rappelle... tout à l'heure... ici... Éric. Éric le mendiant... le misérable... C'est lui, messieurs, c'est lui, il voulait m'assassiner !

— Que vous disais-je ? fit Horace à l'oreille d'Octave.

— Silence ! interrompit ce dernier.

Depuis quelques secondes, en effet, Octave semblait s'être transformé.

La voix du Breton, ce nom d'Éric qu'il avait jeté au milieu de sa phrase, cet éclair sauvage qui jaillissait de ses yeux, toutes ces particularités, insignifiantes ou naturelles en apparence, l'avaient profondément agité ; et maintenant, pâle, ému, respirant à peine, il attendait, suspendu aux lèvres du patient, qu'un mot vint encore qui fixât ses irrésolutions.

Mais le Breton paraissait s'être calmé ; il avait saisi la main d'Horace, et la serrait dans les siennes avec effusion.

– Vous l'avez dit, monsieur, poursuivit-il d'une voix pleine de larmes, c'est Dieu qui vous a envoyé à mon secours... car ma mort eût été un grand malheur, savez-vous bien ?... non pour moi, qui n'ai plus grand temps à vivre sans doute, mais pour une pauvre enfant qui se serait trouvée seule au monde, et qui serait morte dans l'isolement et le désespoir.

– Vous avez une fille ?

– Un ange, monsieur, et c'est une grande bonté de Dieu d'avoir détourné le couteau de ce misérable, car, à l'heure qu'il est, Marguerite serait perdue.

– Marguerite ? s'écria Octave qui ne pouvait plus se contenir, et se précipita vers Tanneguy dont il prit les mains.

– Vous la connaissez ? fit ce dernier en retirant ses mains par un mouvement de défiance.

– Mais je suis Octave !... Tanneguy, Octave Kerhor ; ne me reconnaissez-vous pas ?

Le vieux Tanneguy se tut, regarda un moment Octave, qui se tenait debout devant, lui, haletant, éperdu, attendant, une réponse, et remua tristement la tête :

– Oui, vous êtes Octave, dit-il après un moment de silence, je vous reconnais bien maintenant. Sans le vouloir sans doute, monsieur, c'est vous qui avez attiré sur nous tous les malheurs que nous déplorons... Marguerite est maintenant perdue pour vous, comme elle est perdue pour le monde.

– Que dites-vous ?

– Je dis, Monsieur Octave, que vous êtes un gentilhomme, et que j'attends de votre honneur que vous n'irez pas plus loin sur cette route, quand je vous aurai appris que Marguerite est à deux pas d'ici.

– Mais je l'aime !

– C'est un aveu que vous m'avez déjà fait, jeune homme, et aujourd'hui comme il y a deux ans, cet aveu le repousse.

– Ah ! c'est de la cruauté.

– Non, de l'humanité, monsieur.

– Comment ?

– Et si vous n'avez pas su respecter naguère l'innocence de Marguerite, j'espère qu'aujourd'hui, du moins, vous saurez respecter sa folie.

– Marguerite folle !... s'écria Octave, qui fut obligé de se retenir au bras d'Horace pour ne pas tomber.

VI

Marguerite folle !...

Cette pensée ne sortait plus de l'esprit d'Octave, et depuis trois jours qu'il était au Conquet, il avait, vainement, cherché à calmer la douleur dont il avait été frappé en apprenant cette cruelle nouvelle.

Marguerite folle !

Toute la journée on le voyait errer sur la côte déserte, marchant de rocher en rocher, quelquefois sombre, muet, le regard fixe et le front penché ; puis souvent, s'arrêtant sur la grève pour prendre sa tête dans ses mains et pleurer...

Il n'avait pas songé à raconter à Tanneguy sa vie, son amour, la mort de sa mère, qui le laissait libre ; il avait laissé Horace reconduire le vieux Breton à sa demeure, et n'avait pas insisté pour y aller lui-même.

Qu'y eût-il été faire... ?

Maintenant Marguerite était perdue pour lui, perdue à jamais, sans espoir... La vue de la pauvre enfant, dans sa pénible position, eût renouvelé toutes ses souffrances, sans y apporter le moindre remède ; il valait mieux la quitter sans la revoir, il valait mieux partir sans lui parler.

D'ailleurs, il avait encore, dans son cœur, l'image ineffable de l'enfant heureuse qu'il avait connue et aimée ; il ne voulait pas attrister sa vie, en apportant dans sa solitude le souvenir cruel de son malheur !

C'est ainsi qu'il avait raisonné dès les premiers moments ; il espérait alors qu'Horace lui apporterait des nouvelles de Marguerite, que quelqu'un lui parlerait d'elle, qu'il saurait enfin d'une manière certaine que penser et que faire.

Mais Horace n'avait point encore rencontré Marguerite ; pour complaire à Octave, il avait, à diverses reprises, demandé au père Tanneguy à la voir ; sa qualité de médecin lui donnait le droit d'être indiscret, elle lui en imposait presque le devoir. Le père Tanneguy avait repoussé toute avance à ce sujet : la solitude, prétendait-il, convenait surtout à l'état de sa fille ; elle vivait fort retirée, ne voyait que son père, et souriait seulement le soir quand la journée avait été belle.

Le père Tanneguy avait ajouté que sa santé propre était pour ainsi dire rétablie, qu'il n'oublierait jamais le service qu'Horace et Octave lui avaient rendu, mais qu'il désirait bien vivement ne pas les retenir dans le pays plus longtemps qu'il ne leur convenait à eux-mêmes.

C'était une manière indirecte de les congédier ; mais Horace, par amitié pour Octave, n'y voulut point prendre garde.

– Ainsi, disait Octave après que son ami l'avait entretenu longuement de l'intérieur de la ferme du père Tanneguy, ainsi, vous n'avez pu voir Marguerite ?

– Impossible !

– Et du moins vous a-t-il fait connaître le caractère particulier de sa folie ?

– Nullement.

– Vous ne le lui avez peut-être pas demandé ?

– Si fait.

– Et qu'a-t-il répondu ?

– Il a éludé.

– C'est étrange ! disait Octave.

– C'est étrange, si l'on veut, ajoutait Horace, car enfin cet homme ne veut pas vous voir ; je comprends cela jusqu'à un certain point, et vous aussi. Le plus sage donc est de nous en tenir là, mon ami, de faire notre valise, et de prendre une autre direction.

– Partir sans la voir ?

– Mais elle ne vous reconnaîtra pas !

– Mais moi, Horace, moi, je la verrai ; je presserai sa main, j'entendrai encore une fois le son de sa voix ; dans l'expression de son regard, je retrouverai peut-être quelques rayons de son beau regard d'autrefois... et que sait-on ?... Dieu ne m'aurait-il pas envoyé ici pour la rendre à la raison et à l'amour ?

– Les amoureux ont toujours d'excellentes raisons qui ne valent pas mieux que les vôtres, dit Horace en haussant les épaules.

– Mais n'êtes-vous pas de mon avis ? Pensez-vous que sa folie doive être éternelle ?

– C'est selon.

– N'avez-vous pas envie de le savoir ?

– Peut-être.

– Vous êtes savant.

– Vous êtes bien bon !

– Et curieux.

– Je ne m'en cache pas.

– Eh bien ! restez, mon ami. Allez encore chez le père Tanneguy... Pour moi, pour vous, pour elle aussi, ne parlons pas ; tentez encore de les rencontrer ; notre persévérance sera couronnée de succès ; et si vous pouvez la voir seulement dix minutes, vous me l'avez dit, vous saurez si cette folie est incurable.

– Je vous le promets.

Et tous les jours c'étaient les mêmes instances de la part d'Octave et la même condescendance de celle d'Horace.

Il est vrai de dire que ce dernier n'était peut-être pas complètement désintéressé dans la question.

Le mystère dont on entourait Marguerite, les précautions inouïes que prenait le père pour n'en laisser approcher personne, pas même un médecin : tout cela avait éveillé sa curiosité au dernier point, et l'obligeance avec laquelle il semblait servir les intérêts d'Octave, était bien un peu mêlée d'entêtement pour son propre compte.

Mais jusqu'alors ses efforts avaient été vains, et rien ne pouvait faire supposer qu'il dût mener l'affaire à bonne fin.

Un jour, Octave était sorti du Conquet, et tout en se promenant, il avait insensiblement gagné la plaine, et son instinct, plus que sa volonté, l'avait dirigé vers la demeure de Marguerite.

C'était une petite habitation, placée sur une légère éminence, qui dominait conséquemment toute la côte, et devait jouir des beaux spectacles qu'offre la mer par les jours de grandes tempêtes.

On a beaucoup exploré la Bretagne, dans ces derniers temps surtout ; les touristes s'y sont donné rendez-vous de tous les points de la France, et cette terre, éminemment pittoresque, a été pendant quelques années presque aussi fréquentée que la Suisse ou l'Italie.

Mais les touristes n'ont guère visité que les lieux dont les *Guides du voyageur* leur indiquaient le nom et la position topographique. Ils ont parcouru les plaines de Karnac, les rives enchantées de l'Ellé, les montagnes d'Arrès ; ils se sont arrêtés à Penmarch, au Foll-Cout, à Saint-Paul-de-Léon, et bien peu ont osé pousser leur course, jusqu'aux bords de l'Océan. Les côtes de Bretagne ont rarement été foulées par le pied du voyageur, et les historiens du pays eux-mêmes ont complètement négligé d'en faire mention.

Que de ravissants paysages, que de puissantes fantaisies de la nature restent là, ignorées ou méconnues. Quel plus beau spectacle que celle longue suite d'énormes rochers que la mer, dans ses gigantesques caprices, a taillés avec un art qu'envierait le plus habile sculpteur ! De Saint-Matthieu à Saint-Paul-de-Léon le regard se lasse à admirer ; les glaciers de la Suisse n'ont pas de plus beaux aspects, les bords de la Baltique n'offrent pas de plus curieux sujets d'étude. Il y aurait tout un livre à écrire sur cette partie de la Bretagne, livre coloré, attrayant, saisissant et dramatique. Il sera fait tôt ou tard.

La ferme du vieux Tanneguy était à une demi-lieue environ de la côte, mais par sa position elle dominait, nous l'avons dit, toute cette plaine qui s'étend entre le Conquet et Saint-Matthieu ; un bouquet de petits arbres en formait une ceinture mouvante, et elle s'en dégageait coquettement pour laisser s'élever vers le ciel les petites tourelles à cul-de-lampe, dont elle était ornée : un vieux reste de la féodalité.

Octave examinait un à un tous les détails de cette charmante habitation, et son cœur battait à se rompre quand la pensée lui venait que Marguerite était là, sans doute, et que d'un moment à l'autre il pouvait la voir. C'était la première fois qu'il lui arrivait de pousser ses excursions jusqu'à cet endroit, et il se sentait rougir et trembler comme un écolier pris en défaut.

Mais le désir de voir Marguerite fut plus fort ; il s'assit au pied de l'un des arbres qui servent d'allée à l'habitation, et attendit patiemment.

Il était six heures environ ; le soleil se couchait à l'horizon, il avait fait une journée magnifique. Il espérait la voir sortir, la rencontrer, lui parler ; mille rêves insensés à la réalisation desquels il ne croyait pas. Mais il attendait, et cette attente suffisait à emplir son cœur d'une douce émotion.

Une heure se passa ainsi sans qu'aucun incident vint troubler sa solitude ; Octave était désappointé, mais que pouvait-il faire ? Se résigner et revenir le lendemain, c'était le parti le plus sage, et déjà il se disposait à se lever quand un bruit de pas vint détourner son attention.

Ce pouvait être Marguerite ! et tout son être tressaillit ; mais cette joie dura peu, car dès qu'il se fut retourné, il aperçut un vieux mendiant qui venait à lui du bout de l'allée.

Le vieux mendiant s'appuyait sur un bâton noueux, et paraissait marcher avec beaucoup de peine. Octave eut pitié de lui et alla à sa rencontre.

– La charité, s'il vous plaît, mon bon monsieur, fit le vieillard dès qu'Octave fut à portée du chapeau qu'il tenait à la main et avec cette voix chevrotante et plaintive qui semble appartenir exclusivement aux mendiants bretons.

Octave laissa tomber une pièce blanche dans le chapeau qu'on lui tendait et se disposa à passer outre ; mais il s'arrêta presque aussitôt, comme poussé par une idée soudaine, et fit signe au mendiant de s'approcher.

Celui-ci accourut avec toute la prestesse d'un jeune homme, et leva vers Octave sa tête et ses regards avides.

– Pour vous servir, mon bon monsieur, dit-il en s'inclinant humblement, malgré mes soixante-dix ans et mes infirmités, il y a bien des services que je puis rendre encore ; et me voilà prêt, mon bon monsieur.

Octave l'examina.

Ce mendiant, pouvait avoir cinquante ans au plus, malgré les soixante-dix qu'il s'attribuait si généreusement. Il portait le costume déguenillé de l'emploi ; une besace vide pendait à son côté, et un bandeau couvrait une partie de sa figure.

D'ailleurs il avait l'air fort respectable, et nul, si ce n'est Tanneguy, n'eût pu reconnaître dans cet homme Éric, le mendiant de Saint-Jean-du-Doigt.

C'était lui cependant, toujours aussi vert, aussi vigoureux, jouant encore avec la même astuce et le même bonheur la comédie de la mendicité. Éric avait été obligé de fuir les environs de Saint-Jean-du-Doigt après le départ de Tanneguy ; on avait su ses calomnies, et tout le canton avait cessé presque instantanément de lui faire l'aumône.

Éric avait donc quitté le pays et s'était dirigé vers Saint-Matthieu, conservant au fond du cœur une haine implacable contre Tanneguy et sa fille dont il avait fait le malheur, mais qu'il accusait d'avoir fait le sien.

Éric était une mauvaise nature ; aucun bienfait ne pouvait le ramener. Il s'était promis de se venger de Tanneguy, et rien n'aurait pu le faire renoncer à ses projets de vengeance. Sans s'en douter, ou sans s'en inquiéter, il suivait cette pente sanglante qui mène tout droit au bagne.

Du reste le bagne est à Brest, à deux pas de la côte, et, l'on doit le dire, le voisinage d'une pareille institution est pernicieux pour les campagnes qui entourent cette ville ; non que nous entendions prétendre que le sens moral y soit plus perverti, que l'on y rencontre plus de criminels que dans tout autre lieu ; Dieu nous garde d'exprimer une pareille pensée. Mais il nous semble que le bagne doit rayonner tristement sur les environs. Il s'échappe presque tous les jours un ou deux forçats de Brest, et ces forçats se répandent d'habitude dans les communes qui l'entourent ; quelquefois ils y séjournent ; c'est une dangereuse compagnie ; ce sont de terribles professeurs de vol et d'assassinat. Il ne faut pas laisser l'esprit populaire se familiariser avec ces épouvantails nécessaires ; il faut craindre qu'ils ne deviennent de sanglants soliveaux !

Éric s'était vite formé à cette école : le premier pas était fait ; il entra de plain-pied dans cette voie terrible, et, comme on l'a vu dans le chapitre précédent, il s'était assez bien acquitté de sa première affaire.

Octave examinait donc Éric le mendiant et hésitait à l'interroger.

Éric se trouvait gêné par cette espèce d'examen dont il était l'objet ; il craignait à chaque instant qu'Octave ne vînt à rappeler ses traits et à le reconnaître, et il ne lui convenait pas, dans le moment du moins, de renouveler connaissance.

Il recommença donc ses propositions.

— Monsieur veut peut-être un guide pour visiter les environs, reprit-il avec le même ton paterne ; quoique je ne sois plus aussi ingambe que je l'ai été, je pourrai cependant lui être de quelque utilité, et personne ne connaît la côte mieux que moi. Tel que vous me voyez, j'ai fait autrefois jusqu'à vingt lieues dans ma journée.

— C'est bien marcher ! murmura Octave, mais ce n'est pas un service de cette nature que j'attends de vous, mon brave homme.

— Il m'appelle brave homme, pensa Éric, il ne me reconnaît pas.

— En votre qualité de mendiant, poursuivit Octave, vous devez fréquenter toutes tes fermes du pays et en connaître les habitants : ce sont des renseignements que je veux avoir ; êtes-vous à même de me les donner ?

— Tout ce qui pourra vous être agréable, répondit Éric.

Et un sourire plein de malice, d'astuce et de satisfaction passa sur ses lèvres.

Mais Octave était trop profondément préoccupé pour s'apercevoir d'un semblable détail.

– Voyez-vous, poursuivit Éric, voilà vingt ans bientôt que je suis dans le pays, et je puis vous donner sur les familles qui y demeurent les renseignements les plus circonstanciés.

– Les renseignements que je désire avoir, dit Octave, n'ont qu'une importance purement relative, et d'ailleurs la personne dont il s'agit n'habite guère cette côte que depuis deux ans...

– Depuis deux ans ? fit Éric comme s'il eût cherché à se rappeler.

– Oh ! il est inutile de chercher longtemps, ajoute Octave, je n'ai point d'intérêt à cacher le nom de cette personne ; nous sommes sur sa propriété, et c'est Tanneguy qu'elle s'appelle.

– Tanneguy, dit Éric en relevant la tête.

– Vous le connaissez ?

– Beaucoup, mon bon monsieur.

– Il y a deux ans qu'il est au pays, n'est-il pas vrai ?

– Deux ans, en effet.

– Et quelle réputation y a-t-il acquise ?

– Oh ! celle d'un respectable et digne fermier... il n'y a qu'une voix là-dessus.

– Il vit fort retiré cependant ?

– Il ne sort jamais, pour ainsi dire.

– Et qui fréquente-t-il ?

– Personne.

– Mais comment le connaît-on alors ?

Éric remua la tête avec un faux air de finesse et de bonhomie.

– Eh ! mon bon monsieur, répondit-il, par le bien qu'il fait.

– Il en fait donc beaucoup ?

– Tout son avoir y passe, quoi !

Octave hésita, puis il poursuivit :

– Mais dites-moi, mon brave homme, ajouta-t-il, à quoi, dans
le pays, attribue-t-on cette sorte de solitude dans laquelle il se
renferme ?

– Oh ! à ceci et à cela, répondit Éric, à tout et à rien, vous
savez, les uns disent blanc, les autres disent noir. Ceux qui sont
plus près de la vérité rapportent cela à des malheurs que le bon-
homme Tanneguy a éprouvés dans le pays qu'il habitait auparavant.

– Quels malheurs ?

– Sa fille...

– Ah ! il a une enfant ?

– Et un beau brin de fille !

– Vous l'avez vue ?

– Comme je vous vois.

– Et elle est jeune ?

– Dix-sept ans approchant.

– Et jolie ?

– Comme un ange du bon Dieu.

– Et pourquoi semblez-vous mêler la fille à la cause des malheurs du père ?

– Oh ! c'est une histoire...

– On la dit folle, n'est-ce pas ?

– Pour cela, mon bon monsieur, je l'ai souvent entendu dire.

– Est-ce que vous ne le croiriez pas ?

– Elle vit fort retirée, la pauvre enfant, et il est bien impossible de savoir ce qu'elle pense et ce qu'elle dit.

– Mais alors, pourquoi ces bruits ?

– Çà, c'est le père Tanneguy, un brave homme, voyez-vous, qui a quelquefois des idées singulières.

– Comment ?

– Mon avis à moi est que la pauvre jeune Marguerite n'est pas heureuse.

– Vous pensez donc que son père aurait poussé la cruauté jusqu'à la séparer des vivants ; qu'elle ne serait pas folle ?

– Je le pense.

– Mais alors, ce serait une action généreuse que de l'enlever à cette prison inique dans laquelle on l'enferme, où on la tue lentement.

Un sourire passa rapidement sur les lèvres d'Éric, et Octave se tut.

Son cœur battait avec précipitation : un espoir soudain s'était fait jour à travers ses irrésolutions, et ses regards fixement arrêtés sur les tourelles du manoir cherchaient à y découvrir celle qu'il aimait.

Cependant, malgré l'assurance d'Éric, malgré le désir qu'il nourrissait dans son esprit, il ne pouvait encore croire à cette révélation. Pourquoi le vieux Tanneguy, qui aimait tant sa fille, l'aurait-il ainsi cruellement condamnée à la solitude, à la folie ? Pourquoi Marguerite se serait-elle résignée à jouer ce rôle dont elle devait souffrir ? N'y avait-il pas, au contraire, mille raisons de croire qu'il en était autrement ? Et Octave lui-même n'était-il pas fondé à penser que la douleur avait pu égarer la raison de Marguerite jusqu'à la folie ?

Octave retomba lourdement de la hauteur de ses espérances dans la réalité, et il sentit de nouveau son cœur se briser et la confiance s'en échapper.

D'ailleurs, ce qui le confirma encore davantage dans cette pensée, que le mendiant avait calomnié le père de Marguerite, c'est que, lorsqu'il sortit de ses rêveries et releva la tête, le mendiant avait disparu, ne croyant pas devoir attendre de nouvelles interpellations.

Octave poussa un profond soupir, et reprit son chemin vers le Conquet.

Il était profondément triste : une amertume sans seconde emplissait sa poitrine ; un désespoir morne se lisait sur ses traits.

Pauvre Marguerite !... Marguerite, folle !... folle à cause de son amour.

Il ne l'avait pas vue, il lui faudrait repartir sans la voir ; il allait être contraint de s'éloigner pour toujours.

Octave comprenait qu'il valait mieux, pour son repos, pour son bonheur, qu'il en fût ainsi. Et cependant il ne pouvait se résigner à celle nécessité ; et il marchait, à pas lents, dans l'allée de tilleuls, espérant toujours vaguement que Dieu prendrait pitié de lui, et mettrait fin à son atroce douleur.

Tout à coup il s'arrêta.

Un bruit imperceptible s'était fait entendre, et Octave avait tressailli.

Une fenêtre de l'une des tourelles venait de s'ouvrir, et l'amoureux jeune homme s'était retourné précipitamment. C'était Marguerite !

Le jour n'avait pas fui encore. Il régnait de toutes parts un calme et un recueillement ineffables ; quelques rayons de soleil se jouaient encore sur les toits bleus du petit manoir.

C'était bien Marguerite !

Mais comme elle avait pâli et maigri, ce n'était plus la blonde et charmante enfant rieuse qu'il avait connue et aimée ; maintenant c'était la pâle et douce image d'Ophélia, pleurant son amour perdu, ou souriant tristement aux rêves de sa raison égarée.

Octave demeura comme frappé de cette transformation, et ne pouvant avancer ni reculer, sans force, sans voix, la poitrine haletante, il laissa tomber sa tête dans ses mains et fondit en larmes.

Et alors, tout son passé revint radieux, rire et danser autour de lui ; toute cette vie heureuse, enchantée, bénie de Dieu, passa devant lui jour à jour, heure à heure, avec ses fleurs et ses parfums, ses chants et ses fêtes.

Il revit la vallée de Saint-Jean-du-Doigt, la ferme du père Tanneguy ; le chemin creux qu'il prenait pour y aller, le sentier rude et rocailleux qu'il suivait pour en revenir.

Comme il était jeune et gai ! Comme il aimait !

Et Marguerite ? la pauvre sainte enfant !

Elle courait alors à travers la prairie, laissant flotter ses cheveux sur son dos ; quelle grâce exquise dans ses gestes ! quelle candeur sur son front ! quelle touchante expression dans son regard !

Dieu n'avait pas d'ange plus pur ; jamais homme n'avait été aimé par un cœur plus naïf !

Octave suivait un à un ces fantômes gracieux du passé, et il les saluait les yeux pleins de larmes et le cœur désespéré.

Tout était fini maintenant. Le vide s'était fait autour de lui ; la solitude, une solitude froide et sans écho l'entourait, et il ne voyait plus de refuge que dans la mort.

Ainsi absorbé par les souvenirs du passé, Octave n'entendait pas la voix de Marguerite, qui, grâce au calme de la soirée, semblait flotter dans l'air comme une ravissante harmonie.

Elle chantait une de ces légendes bretonnes qui sont si profondément imprégnées de la mélancolie du pays et de ses habitants, et sa voix était émue, en racontant des malheurs dont elle semblait comprendre toute l'amertume.

C'était l'héritière de Keroulay.

VII

Marguerite avait cessé de chanter ; Octave écoutait encore, suspendu à ses lèvres. La nuit était venue, laissant tomber de son front étoilé ses premières ombres transparentes, et bien que Marguerite eût disparu depuis quelques minutes, Octave ne pouvait se résoudre à abandonner la place. Un désir immodéré s'était emparé de lui ; il voulait la voir encore, lui parler, entendre cette voix qui lui avait rappelé tant de choses de son passé.

Les fous, pensait-il, ont quelquefois des moments de lucidité ; alors, ils se souviennent, ils retrouvent pour un instant seulement l'amour, la joie, l'espoir du passé. Marguerite doit être ainsi. Une heure passée à ses genoux suffirait à la rendre heureuse et à la faire souvenir !

Il s'arracha de la place qu'il occupait et fit quelques pas vers la ferme. Il était plein d'hésitation et de terreurs ; mais une volonté plus forte que la sienne le poussait en avant, et il obéissait à cette impulsion, sans en chercher la cause.

Il ne connaissait pas la ferme, mais son cœur le dirigeait, et il arriva peu après à deux pas du verger, lequel n'était séparé de la voie publique que par une mauvaise clôture en branches de houx.

Une émotion indicible s'empara de son esprit, quand il posa le pied sur ce terrain. C'était là qu'habitait Marguerite ; ces lieux étaient pleins d'elle ; elle y venait quelquefois sans doute ; les allées sablées qu'il foulait avaient été sans doute souvent foulées par ses pas. Une exaltation singulière saisit son cœur, et il marcha devant lui, à pas rapides et pressés.

Combien il l'aimait en ce moment ! Son amour s'était augmenté du mystère qui l'entourait, et plus encore peut-être de cette sympathique pitié qui s'adresse à tout être qui souffre.

Octave se félicitait d'avoir surmonté ses craintes, d'avoir fait taire ses hésitations, et son pied s'appuyait ferme sur le sol.

Qu'avait-il à craindre, d'ailleurs ? et quel était son crime ?

Il avait aimé Marguerite, et il l'aimait encore autant qu'un homme peut aimer une femme ; il avait fait de cet amour le seul rêve de sa vie ; il n'avait pas d'autre désir, pas d'autre ambition.

Pourquoi aurait-il reculé ?

Il s'assit sur un tertre de gazon que le vent d'automne avait flétri, et, prenant sa tête dans ses mains, il songea avec amertume à tout ce qu'il avait perdu !

Les amants ont parfois d'inexplicables divinations.

Octave pouvait croire que Marguerite reposait déjà, qu'elle était près de son père, qu'on ne la laisserait pas sortir seule dans la campagne à pareille heure de nuit ; et cependant son cœur était plein d'espoir, et il attendait.

Une demi-heure se passa de la sorte, une demi-heure pendant laquelle le plus léger doute ne vint pas même ébranler sa confiance.

Et quand, après ce laps de temps écoulé, il releva la tête et promena autour de lui son regard incertain, il vit une forme pâle et blanche tourner l'allée et s'avancer de son côté.

Avant qu'il l'eût reconnue, il avait deviné Marguerite.

C'était elle en effet.

Marguerite seule, suivie seulement à quelque distance par un beau chien de race.

Marguerite était-elle entraînée à cette heure, et dans cet endroit, par quelque attraction magnétique ? Dieu seul le sait...

Mais dès qu'elle vit Octave, elle s'arrêta comme effrayée, et parut vouloir rebrousser chemin ; ce dernier remarqua ce mouvement, et il se précipita à sa rencontre.

– Marguerite ! lui cria-t-il d'une voix où tremblaient mille sentiments divers, Marguerite !... c'est moi, Octave !...

Il y avait, dans le ton dont cet appel fut prononcé, quelque chose de si profondément déchirant, que Marguerite s'arrêta au moment de s'éloigner, et se retourna vers son amant.

– Octave ! dit-elle en croisant ses deux bras sur son cœur comme pour en comprimer les battements, Octave, est-ce possible ! ne me trompez-vous pas ?

Octave était déjà près d'elle, et serrait ses mains dans les siennes.

– Moi, moi, vous tromper, dit-il dans tout l'enivrement de sa joie... Oh ! Marguerite, ne me reconnaissez-vous donc point... ou ne m'aimez-vous plus ?

– Si ! si ! je vous reconnais ; c'est bien vous que j'avais cru perdu... qui m'avez oubliée, peut-être !...

Et Marguerite regardait Octave avec un air de doux reproche, et Octave ne pouvait se lasser de la contempler.

Ce dernier avait tout oublié, le vieux Tanneguy, Horace, Éric le mendiant ; il remerciait Dieu dans toute l'effusion de son cœur, d'avoir accordé à Marguerite assez de lucidité pour le reconnaître et l'aimer encore, ne fût-ce qu'une seconde.

– Si vous saviez, Marguerite, reprit-il après quelques minutes de contemplation muette, si vous saviez combien j'ai été malheureux depuis notre séparation ! Comme je me suis trouvé seul et triste, et que de larmes amères j'ai versées sur notre amour perdu !... Je vous ai cherchée à Lanmeur, mais vous étiez partie, et nul n'a pu me dire quelle route vous aviez suivie ; tenez, je vous

aimais, moi, Marguerite, et, plus d'une fois, la pensée du suicide
a troublé mes nuits.

– Octave ! interrompit la jeune fille avec un cri, et en se serrant avec épouvante contre son amant.

– Et croyez-vous, poursuivit ce dernier, que je n'eusse pas
préféré cent fois la mort à cette existence que j'ai menée jusqu'à
ce jour ? J'étais si seul au monde, et je craignais de ne vous revoir jamais. Pauvre Marguerite, ah ! vous avez dû bien souffrir
vous-même !

Un sourire d'une ineffable douceur vint effleurer en ce moment les lèvres de la jeune fille.

– Ai-je souffert ? répondit-elle en oubliant son beau regard
sur le front d'Octave, je ne m'en souviens plus. Vous étiez parti,
j'étais seule aussi comme vous ; comme vous je pleurais un
amour brisé, un passé perdu. L'avenir s'était fermé tout à coup
devant mes regards ; il n'y avait plus rien autour de moi qu'une
solitude profonde et triste... Mais que vous dirai-je, Octave ?
j'avais confiance en Dieu, en moi, en vous-même. Je ne pouvais
croire que vous m'oublieriez ; j'espérais toujours, et je vous attendais...

– Bonne Marguerite !

– Pourquoi cela était-il ainsi ? qui mettait cette foi dans mon
cœur ? d'où vient que je n'ai pas désespéré ? je l'ignore. Mais
Dieu a béni mon courage, et aujourd'hui, à cette heure où je vous
revois, il me semble que ces deux années d'absence ont passé
comme un rêve ; et je cherche en vain à me rappeler si j'ai souffert et si j'ai pleuré.

Octave ne répondit pas ; mais son cœur se serra douloureusement. Les paroles de Marguerite le rappelaient à la réalité de la
situation ; un mot avait suffi pour rouvrir l'abîme insondable qui
les séparait désormais. Les vains efforts que la jeune fille faisait
pour réédifier ce passé qui venait de s'écouler sans laisser aucune
trace dans son souvenir disaient assez l'état de son esprit : c'était

un mal sans remède ; la pauvre enfant était bien folle, folle comme Ophélia...

Octave frissonna.

– Ainsi, reprit-il bientôt, en se contenant, vous m'avez pardonné ?

– Vous en ai-je donc voulu ?

– Et vous m'aimez toujours ?

– Toujours, Octave.

Il y eut un moment de silence : Octave luttait contre ses propres impressions, et cherchait encore à se tromper lui-même.

– Quand vous avez quitté Lanmeur, dit-il presque aussitôt, c'est dans cette ferme que vous êtes venue habiter ?

– Oui.

– Vous sortiez rarement, m'a-t-on dit ?

– Mon père me le défendait.

– Pourquoi cela ?

– Je l'ignore.

– Et l'idée ne vous est-elle jamais venue de lui demander la raison de cette claustration singulière ?

– Jamais.

– Que faisiez-vous donc ?

– J'attendais.

Octave se tut ; il ne savait plus que penser : toutes ces réponses étaient faites d'un ton calme et parfaitement lucides ; elles ébranlaient ses convictions, et rappelaient encore une fois le doute dans son esprit.

Une heure s'écoula dans cet entretien ; la lune montait à l'horizon, et ses pâles rayons glissaient doucement sous les allées ombrageuses. Il régnait de tous côtés un silence plaintif que troublait seul le lointain murmure de l'Océan sur les falaises. Octave et Marguerite étaient profondément émus.

Enfin l'heure du départ sonna... Marguerite avait à craindre que son absence ne fût remarquée ; son père était sévère ; il avait gardé rancune à Octave : il fallait se séparer...

Elle, se leva.

Elle était belle et souriante ; son regard éclatait d'amour et de pudeur contenus ; elle tendit avec abandon ses deux mains à Octave.

— Octave, lui dit-elle d'une voix émue, voulez-vous que je sois bien heureuse, et que je vous aime comme aux beaux jours de notre passé ?

— Oh ! parlez ! parlez ! fit Octave en baisant les mains de Marguerite avec un fol élan.

— Eh bien ! reprit la jeune fille, allez demain trouver mon père, et obtenez de lui votre pardon et le mien.

Et, en disant ces mots, elle lui fit un geste d'adieu, et disparut sous l'allée qui conduisait à la ferme.

Une heure après, Octave regagnait son logis, la tête bouleversée, l'esprit plus irrésolu que jamais, et racontait à Horace ce qui venait de lui arriver.

Horace sortait de chez Tanneguy ; il paraissait fort soucieux quand Octave survint ; il écouta d'un air profondément attentif tout ce que ce dernier lui dit, et finit par se renverser noncha-lamment dans son fauteuil de cuir, les jambes croisées, le visage tourné vers le plafond.

— Ainsi, lui dit-il en lâchant une bouffée de tabac de la Havane, qui s'enfuit lentement en spirales bleues vers la fenêtre, ainsi, vous avez revu Marguerite ?

— À l'instant, répondit Octave.

— Alors nous allons partir demain.

— Comment ?

— N'était-ce point là votre intention ?

— Eh quoi ! vous voudriez que je l'abandonnasse au moment où je viens de la retrouver ?

— Mais qu'espérez-vous donc ?

— Je ne sais.

— On a vu peu de fous revenir à la raison.

— Pensez-vous qu'il n'y ait point de remède ?

— Je le crains.

— Mais Marguerite m'aimait ; si je la voyais souvent, peut-être réussirai-je...

Horace remua la tête d'un air d'incrédulité.

— Tenez, mon cher ami, lui dit-il, voulez-vous que je vous parle franchement ?

— Parlez, fit Octave.

– Eh bien ! je crains que vous n'éprouviez plus pour Marguerite que cette sympathique pitié que nous inspire naturellement tout être qui souffre : vous avez aimé cette jeune fille avec l'ardeur d'une passion de vingt ans, et aujourd'hui que vous la retrouvez après deux années d'une séparation cruelle, aujourd'hui qu'elle vous apparaît pâle et triste comme Ophélia, c'est plutôt votre imagination que votre cœur qui se frappe ; votre générosité s'exalte, et vous vous laissez séduire par le côté chevaleresque de la mémoire que vous vous imposez. Croyez-moi, Octave, consultez-vous bien avant de vous engager plus avant dans cette voie ; songez que Marguerite est folle, et qu'elle ne pourra peut-être jamais être rendue à la raison ; songez que son père vous accuse de tous ses malheurs ; songez enfin quelle existence serait la vôtre, si vous persistiez dans votre résolution. Ne vaut-il pas mieux, dites, rentrer dans la vie ordinaire, et faire ce que mille autres ont fait avant vous... oublier ? Marguerite est perdue pour tous ; Dieu seul peut faire ce miracle de vous la rendre telle que vous l'avez connue et que vous l'avez aimée. Laissez donc le père Tanneguy dans cette solitude où il est venu s'enfermer avec sa fille ; reprenons notre bâton de voyage, et hâtons-nous de rentrer à Paris où l'on nous attend.

Octave avait écouté sans faire la moindre observation ; quand Horace eut fini, il lui prit les mains et les serra avec affection.

– Merci, lui dit-il d'un ton sérieux et grave, merci, mon ami, de vos conseils ; je les accepte comme je le dois, mais je ne puis les suivre. L'amour que j'ai voué à Marguerite est né le jour où, pour la première fois, j'ai senti battre et tressaillir mon cœur ; cet amour ne finira qu'avec ma vie ! Vous savez si je suis capable d'un attachement sérieux ; j'ai eu le bonheur de vous en donner quelques preuves ; eh bien ! à cette heure, je vous le dis, Horace J'aime Marguerite comme je l'aimais il y a deux années ; mon amour s'est augmenté même de cette sympathique pitié qui, comme vous le disiez, s'attache à toute femme qui souffre et qui pleure. Je ne pourrais aimer une autre femme ; je sens que je n'aimerai jamais que Marguerite. Dans cette situation, voyez jusqu'à quel point vous m'aviez méconnu et comme vous vous trompiez... dans cette situation, il m'est venu une pensée, une

pensée étrange peut-être, déraisonnable, folle, que le monde juge-
ra diversement, mais à l'accomplissement de laquelle j'attacherai
le bonheur de toute ma vie...

– Et cette pensée ? interrompit Horace qui changea tout à
coup de ton.

– C'est de demander la main de Marguerite à son père.

– Vous voulez l'épouser ?

– Oui, mon ami.

– Une folle !

Octave sourit :

– Dieu ne fait plus de miracles, répondit-il ; mais il est un
sentiment qui peut encore en faire.

– Lequel ?

– L'amour !

VIII

Le lendemain soir, Octave partit du Conquet, et s'achemina vers le manoir de Marguerite.

Une partie de la journée s'était passée en conversation avec Horace, et aucune observation n'avait pu ébranler ses résolutions.

Octave partit plein d'espoir.

Toutefois, et bien qu'il eût une entière confiance dans l'amitié et le dévouement d'Horace, quelques mots jetés par ce dernier au milieu de leurs longs entretiens lui avaient inspiré de singuliers doutes.

Octave parlait de Marguerite, et il expliquait, pour la centième fois, comment il avait passé plus d'une heure près d'elle, et avec quelle lucidité elle avait répondu à toutes ses questions.

– C'est le miracle de l'amour qui commence, avait dit Horace d'un ton ironique.

– Vous raillez ? fit Octave.

– Je ne crois pas aux miracles.

– Avez-vous vu Marguerite ?

– Une fois.

– Et que pensez-vous de son état ?

Horace eut un singulier sourire à cette question ; il haussa les épaules et remua la tête :

– La médecine rend positif en diable, répondit-il, et je vous avouerai que j'hésite à me prononcer sur cette jeune fille.

– Comment cela ?

– Ah ! comment cela ! Mon ami, je n'en sais rien. On m'accorde généralement quelque mérite à la Faculté ; j'ai sauvé des malheureux que l'on avait déclarés incurables, et j'ai fait, dit-on, des miracles, moi, qui ne crois pas à ceux des autres ; eh bien ! à franchement parler, les quelques minutes que j'ai passées près de Marguerite m'ont amené à douter de moi-même et de la science.

– Expliquez-vous... dit Octave qui écoutait avec anxiété.

Horace parut se recueillir un moment, puis il reprit bientôt après :

– Voici, dit-il à voix lente et en pesant chacune de ses paroles ; la folie se manifeste d'ordinaire par des indices connus, que la médecine a classés, et que vous avez pu observer par vous-même ; tous les fous ont le sourire contracté, le regard vague et fixe, le geste heurté ; leur voix emprunte un accent guttural ; ils marchent d'une façon particulière ; ils écoutent sans entendre, ou ils entendent sans écouter ; tout le monde sait cela, et ces observations sont élémentaires. Eh bien ! chez Marguerite, je n'ai constaté aucun de ces indices.

– C'est vrai, interrompt Octave.

– Et cependant, poursuivit Horace, je la considérais bien plus en médecin curieux et indiscret, qu'en amoureux aveugle ; Marguerite regarde avec deux yeux clairs d'une transparence virginale ; son geste est gracieux et arrondi, sa voix douce et caressante ; elle écoute fort bien ce qu'on lui dit, et, chose surprenante par-dessus tout, je l'ai vue rougir quand je me suis approché d'elle !...

– Mais que concluez-vous de ces observations ? demanda Octave.

– Rougir ! continua Horace ; avez-vous jamais vu un fou rougir, vous ? Cela ne peut pas être, et si Marguerite est bien réellement folle, elle échappe à toutes les observations faites jusqu'à ce jour, et sa folie doit être incurable.

Tout en s'avançant vers la demeure de Marguerite, Octave repassait dans sa mémoire les moindres détails de cette conversation, et y puisait à chaque instant de nouveaux motifs d'espérer :

« Si Marguerite est bien réellement folle, » avait dit Horace ; il était donc possible qu'elle ne le fut pas.

Et là-dessus, son esprit partait, pour ne s'arrêter qu'aux pieds de Marguerite rendue à la raison, à l'amour, au bonheur !

Quand il parvint à la demeure du père Tanneguy, la nuit était venue. Une vieille servante le reçut sur le seuil de la porte, et l'introduisit dans une salle basse donnant sur la cour d'entrée.

Marguerite ne tarda pas à paraître. Elle était seule au logis, et le père Tanneguy ne devait rentrer que fort tard.

Marguerite accourut souriante et joyeuse :

– C'est donc bien vous, Octave ? dit-elle au jeune homme en lui tendant les mains avec abandon ; ce n'était donc pas un rêve ? Oh ! je craignais déjà de ne plus vous revoir !

– Voilà bientôt deux années que je vous cherche, répondit Octave.

–Deux années ?

– Nul ne savait ce que vous étiez devenue.

– Mon père l'a voulu ainsi. Il était fort irrité contre vous, et j'ai pleuré souvent en secret.

– Bonne Marguerite !

Octave considérait la jeune fille avec une attention profonde pour découvrir sur son visage quelques traces d'une folie récente ; mais ses investigations restèrent sans résultat. Rien ne troublait en ce moment la radieuse sérénité de Marguerite, et son limpide et beau regard ne s'abaissait pas même devant l'ardent regard de son amant.

Octave lui prit la main, et bien que la confiance commençât à renaître dans son cœur, il craignait à chaque instant que quelque révélation inattendue et terrible ne vînt la lui enlever. Ses tempes battirent, un nuage passa devant ses yeux.

— Marguerite, dit-il d'une voix émue, j'ai résolu hier d'aller trouver votre père ; je lui dirai que je vous aime, que je suis libre désormais du ma fortune et de mon nom, et que ma seule ambition au monde est de vous voir partager l'une et l'autre... Croyez-vous que Tanneguy me refuse ?

— Peut-être ! répondit Marguerite.

— Qu'a-t-il à craindre cependant ?

— Oh ! rien pour vous, Octave, mais pour moi.

— Comment !

— Le passé est un triste enseignement.

— Ne l'ai-je pas assez expié ?

— Sans doute.

— Et ces deux années qui viennent de s'écouler n'ont-elles pas été une assez longue épreuve ?

— C'est vrai !

— Vous me l'avez dit vous-même ; cette séparation vous a été douloureuse.

— Dites cruelle, Octave. Nous étions seuls, loin du monde, avec l'Océan et la grève déserte pour tout horizon... Ah ! je pourrais raconter jour par jour les tristesses de ces deux années.

— Est-ce possible ?

— Mon père ne voulait pas me laisser sortir ; il prenait mille précautions pour que je ne fusse vue de personne. Il redoutait votre présence... J'ai dépassé bien rarement les limites de notre verger.

Octave ne répondit pas de suite ; les dernières paroles de la jeune fille avaient éveillé de singuliers doutes dans son esprit ; il pressentait vaguement la vérité, mais il frémissait en songeant qu'il pouvait encore se tromper.

Il reprit :

— Ainsi, dit-il avec anxiété, personne n'a passé le seuil de votre demeure pendant ces deux années ?

— Personne.

— Et vous vous rappelez, jour par jour, et vos tristesses et vos ennuis ?

— Parfaitement.

— Il n'y a dans votre souvenir aucune lacune ?

— Aucune.

— C'est étrange !

— Qu'avez-vous ?

— On m'avait dit...

— Quoi donc ?

– Tenez, Marguerite, pardonnez-moi toutes ces questions ; mais je vous aime, voyez-vous, je vous aime comme au premier jour, et tant que je vivrai, cet amour restera pur et inaltérable dans mon cœur... Eh bien !...

– Parlez.

– On m'avait dit qu'en quittant Saint-Jean-du-Doigt une cruelle maladie... que sais-je ? le délire...

Octave n'osa pas achever, il trembla de réveiller par une parole imprudente toutes les souffrances passées de la jeune fille, et leva vers elle un regard craintif et troublé.

Marguerite souriait.

– Ce que vous me dites, Octave, répondit-elle, n'a pas lieu de m'étonner, et vous n'êtes pas la première personne qui me teniez un pareil langage.

– Dites-vous vrai ?

– À plusieurs reprises déjà ce propos m'est revenu, et l'on a même été jusqu'à prétendre que j'étais folle.

Octave frémit, et un frisson glacé passa sous ses cheveux.

– Folle ! répéta-t-il en serrant les mains de Marguerite dans les siennes.

L'attitude de Marguerite était douce, calme et reposée ; un beau sourire éclairait son visage, et ses deux yeux éclataient d'intelligence et de candeur.

– J'ignore, reprit-elle, dans quel intérêt ce bruit a été répandu ; l'espèce d'isolement dans lequel je vivais a pu jusqu'à un certain point l'autoriser, et je n'ai rien fait pour l'empêcher.

– Mais Tanneguy... fit Octave.

– Mon père ?

– Lui, du moins, aurait pu s'en préoccuper. À sa place, j'aurais pris des mesures...

Marguerite remua doucement la tête à ces paroles, et regarda autour d'elle comme si elle eût craint qu'on ne l'entendît.

– Octave, dit-elle alors à voix basse et mystérieuse, depuis deux années je porte un soupçon dans mon cœur ; voulez-vous que je vous le confie ?

– Dites ! oh ! dites.

– Eh bien ! Mon père a été douloureusement frappé par l'événement de Saint-Jean-du-Doigt, il s'est vu contraint de vendre la ferme, de renoncer à ses habitudes, à ses amis ; de quitter enfin un pays où nous laissions la tombe de ma mère. Cette nécessité a aigri son caractère, peut-être troublé sa raison, et j'ai souvent pensé que, dans le but d'éloigner de nous les curieux et les indiscrets, il avait lui-même répandu le bruit de ma folie.

– Est-ce possible ?

– Mon père m'aimait tant, qu'il craignait de me perdre une seconde fois.

Comme ils en étaient là de leur entretien, un grand cri retentit tout à coup dans la ferme, et un épais tourbillon de fumée l'enveloppa tout entière.

La vieille servante accourut effarée auprès des deux amants.

– Que le bon Dieu nous protège ! s'écria-t-elle dès qu'elle aperçut la jeune fille, le feu est à la grange !

– Le feu ! dit Marguerite.

– Le feu ! répéta Octave.

Et tous les deux s'élancèrent au dehors pleins d'épouvante et d'anxiété.

En quelques minutes l'incendie avait fait de rapides progrès. Le feu avait trouvé dans la grange un aliment terrible, et maintenant les flammes grimpaient avec activité le long des murs, dévorant les solives, trouant le toit de chaume, lançant vers le ciel des flots de fumée et d'étincelles.

La nuit était épaisse et noire ; le vent soufflait avec force, venant de la côte, et les flammes traçaient alentour d'éclatants sillons.

Octave se multipliait sur tous les points ; Marguerite pleurait de désespoir, appelant son père absent : c'était un sombre et lugubre tableau.

Un incendie est toujours un événement redoutable ; mais à la campagne, loin de tout secours organisé, un pareil sinistre acquiert en peu de secondes des proportions considérables. On avait envoyé au Conquet pour demander des bras, et rien n'arrivait. Marguerite songeait à son père ; cette ferme était leur unique fortune, l'incendie menaçait de leur enlever leurs dernières ressources et de les réduire à la misère.

Toutefois, la grange que la flamme dévorait était assez éloignée de la ferme, et il y avait lieu d'espérer que l'incendie s'arrêterait bientôt faute d'aliment. Octave en fit l'observation à Marguerite, mais cet espoir ne devait pas être de longue durée, car au moment où le feu diminuait d'intensité du côté de la grange, la ferme s'éclaira à son tour des rouges et sanglantes lueurs de l'incendie.

Tous les assistants poussèrent à cette vue un cri de rage et de désespoir. Leurs efforts devenaient désormais inutiles : la malveillance avait allumé le feu, et elle l'entretenait avec une activité impie et cruelle.

Marguerite s'assit éplorée sur le seuil de la cour, et Octave, silencieux et morne, prit place à ses côtés.

Ils n'osaient se communiquer leurs pensées ; leur âme tout entière s'abandonnait sans partage à la douleur du moment.

Tout à coup Octave et Marguerite se retournèrent et frémirent.

Derrière eux venait de se dessiner la nerveuse silhouette du vieux Tanneguy, auquel la porte de la cour servait de cadre.

Il était pâle ; ses longs cheveux grisonnants tombaient, humides et roide, le long de ses tempes ; il s'appuyait sur son *peubas* et regardait.

Son œil était sec et brillait d'un feu sombre ; sa poitrine se soulevait péniblement ; il n'avait pas même aperçu sa fille.

Marguerite se pressait contre Octave muette d'épouvante et comme terrifiée ; elle n'osait faire un pas ni proférer une parole ; elle avait peur de ce sombre désespoir qui se peignait sur les traits décomposés du vieillard.

Enfin son amour filial l'emporta ; elle comprit que si son père avait jamais eu besoin de sympathie ardente et dévouée, c'était surtout à ce moment où les débris de son avoir allaient s'abîmer dans les derniers tourbillons de l'incendie ; elle domina l'épouvante qui la glaçait, et, quittant aussitôt les mains d'Octave, elle alla se jeter éperdue dans les bras de son père.

– Mon père ! mon père ! s'écria-t-elle en pleurant et en présentant son front brûlant aux baisers du vieillard.

– Marguerite ! balbutia ce dernier d'une voix chevrotante, voilà la dernière et suprême épreuve... Dieu veuille qu'il nous reste la force de la supporter !

– Je travaillerai, mon père, fit Marguerite avec un filial entraînement.

Tanneguy la considéra un moment avec amour, et posa ses lèvres sur son front ; deux larmes coulèrent en même temps le long de ses joues maigres et creuses, et il la serra quelques secondes contre sa poitrine sans pouvoir prononcer une parole.

— Pauvre chère ! dit-il bientôt après, tu avais été cependant assez éprouvée. Ce nouveau malheur te tuera, s'il ne m'emporte pas moi-même avant toi... Ah ! pourquoi faut-il que nous ayons abandonné le sol où repose ta mère ?

Tanneguy revenait à un autre ordre d'idées, quand son regard s'arrêta sur Octave.

Ce fut comme un coup de foudre.

Ses sourcils se rapprochèrent, un mouvement de violence nerveuse contracta ses lèvres ; un gémissement étouffé sortit de sa poitrine :

— Vous ici, Monsieur le comte ? dit-il avec une amertume sanglante ; et de quel droit avez-vous osé pénétrer dans cette ferme, quand je vous avais défendu d'en passer jamais le seuil ?

Octave voulut parler, Tanneguy lui imposa silence avec autorité.

— Taisez-vous, monsieur, dit-il d'une voix qui tremblait d'une colère mal contenue, car c'est peut-être aujourd'hui le jour de la justice... Je ne vous avais rien fait, moi, et du moment où vous êtes entré dans ma demeure, la honte, le désespoir, le malheur y ont pénétré à votre suite !... Taisez-vous, vous dis-je, car si je n'écoutais que la colère qui gronde dans ma poitrine, peut-être y aurait-il tout à l'heure en Bretagne un comte de moins et un criminel de plus.

Et comme en parlant ainsi il tourmentait d'une façon terrible le *peu-bas* retenu à son bras par une lanière de cuir, comme ses yeux s'injectaient de sang, et qu'un malheur allait peut-être arriver, Marguerite se jeta à son cou une seconde fois, et chercha à l'éloigner du lieu de cette scène.

— Laissez-moi ! dit le vieillard en repoussant rudement sa fille ; si les miens se font aujourd'hui les complices de nos ennemis les plus acharnés, je saurai bien défendre et venger seul l'honneur du nom que je porte... Or ça, monsieur le comte, répondez-moi et de suite et sans détour : Qu'êtes-vous venu faire dans cette ferme à cette heure ?

Octave s'était approché du vieillard ; il était ému, mais son cœur ne tremblait pas.

— Tanneguy, répondit-il d'une voix ferme, j'ai peut-être été la cause des malheurs qui vous ont frappé pendant les deux années qui viennent de s'écouler ; j'aimais Marguerite, et je ne pensais pas alors qu'aucun obstacle humain pût jamais s'opposer à notre union... Si vous saviez quelles douleurs ont été les miennes !... J'ai souffert sans accuser personne ; j'espérais toujours que, sûr de la sincérité de mon amour, vous me rappelleriez à vous, que vous me rendriez Marguerite !... Il n'en a rien été : et aujourd'hui même, aujourd'hui que votre colère devrait s'être apaisée, je vous retrouve aussi irrité, aussi cruel que par le passé !... Tanneguy, mon amour ne s'est cependant pas démenti une seconde pendant ce temps d'épreuve, et maintenant, comme alors, je viens avec la même sincérité et la même confiance, vous demander la main de Marguerite.

— Sa main ? fit Tanneguy d'un ton ironique.

— Marguerite m'aime, et je suis libre.

— Que dites-vous ?

— Je dis, Tanneguy, que madame la comtesse de Kerhor, ma mère, est morte, et que je n'ai pas d'autre ambition que de devenir l'époux de Marguerite.

Comme Octave achevait de parler, Horace accourait du Conquet avec des bras suffisants pour se rendre maître de l'incendie :

ce secours arrivait un peu tard, car quelques minutes après la
ferme du père Tanneguy s'abîmait dans un tourbillon de flamme
et de fumée.

IX

À quelques jours de là, le père Tanneguy et sa fille s'acheminèrent, le premier à pied, la dernière montée sur un petit cheval de pie d'Ouessant, vers le village de Saint-Jean-du-Doigt.

Ils étaient l'un et l'autre diversement agités.

Tanneguy songeait qu'il allait revoir la tombe où reposait sa femme, son vieil ami, l'abbé Kersaint, et qu'il pourrait désormais habiter la grève.

Marguerite repassait tous les événements des jours derniers ; elle revoyait Octave ; et une émotion inconnue, étrange, sillonnait son cœur quand elle venait à penser que dans quelques jours elle serait la femme du jeune comte de Kerhor.

Ils étaient heureux l'un et l'autre, heureux même de leur bonheur réciproque.

Tout avait été préparé pour les recevoir. L'abbé Kersaint alla à leur rencontre, et ils passèrent cette nuit au presbytère.

Ce ne fut que le lendemain qu'ils arrivèrent au château de Kerhor. Marguerite était aimée au pays, on l'y vit revenir avec joie, et tous les pauvres des environs accoururent dès le matin sur son passage, pour fêter son retour.

Le soir même ils furent installés au château, et quelques jours après l'union de Marguerite et d'Octave était bénie par le vénérable abbé.

Qu'ajouter à ce qui précède ?... rien, sinon que Marguerite fut heureuse autant qu'une femme peut l'être sur cette terre ; que le père Tanneguy s'éteignit lentement dans une vieillesse exempte de soucis, et que l'abbé Kersaint continua longtemps à faire la consolation des malheureux qui connaissaient le chemin du presbytère.

Quant à Éric le mendiant, il eut une fin naturelle et facile à prévoir.

Il avait été depuis longtemps signalé à l'autorité sous la prévention de faits équivoques ; il fut arrêté à quelque temps de là comme fauteur de l'incendie de la ferme Tanneguy, et il repose aujourd'hui à l'ombre des murailles épaisses du bagne.

On m'a assuré qu'il avait fait partie de l'un des derniers convois à destination de Cayenne.

FIN.